MORILLE

Et toy, Rosette, n'en fais-tu
pas de mesme ?

ROSETTE.

De tout mon cœur.

LISIDOR.

Mais par quelle avanture ó-
ftes-vous icy.

JULIE.

Vous l'aprendrez une autre fois,
fortons, & ne donnons point fu-
jet à Monfieur Hilaire de fe
plaindre davantage.

MORILLE.

Je vous fuy ; car il ne fait pas
bon icy pour moy.

FIN.

PERMISSION.

Permis d'imprimer. Fait ce 22.
Iuillet 1684.

Signé, DE LA REYNIE.

LES
BOURGEOISES
DE
QUALITE.
COMEDIE.

Par MR de Haute Roche.

A PARIS,

Chez la Veufve de LOUIS GONTIER,
fur le Quay des Auguftins, à la décente
du Pont Neuf, à l'Image S. Loüis.

M. DC. XCI.

AVEC PRIVILEGE DV ROY.

PREFACE.

OUTES les personnes d'esprit & de bon goust qui ont vû representer cette Comedie, en ont dit tant de bien que j'ai lieu de croire qu'elle n'est pas sans merite. J'avoüe neantmoins que parmi l'estime qu'ils en ont faite, ils n'ont pas laissé de remarquer tres-judicieusement, que le sujet en est trop simple, & trop peu rempli d'incidens; mais il est vrai aussi qu'ils en ont trouvé la conduite assez raisonnable, les caracteres bien soutenus, les portraits vifs & ressemblans, les situations agreables, les vers naturels, & la Piece generalement bien écrite. Aprés un jugement si avantageux, je ne devrois guere me mettre en peine de répondre à de certains esprits critiques, qui pour s'ériger dans le monde en grands connoisseurs, s'attachent souvent sans raison, à reprendre les Ouvrages les plus estimez. Ils ont, dit-on, répandu leur venin sur quelques endroits de ma Piece; mais je m'inquiéte fort peu de leurs censures, parce que ordinairement elles ne sont autorisées que par des envieux, ou des ignorans. On dit que ces Censeurs se sont récriez sur le déguisement du Valet qui passe pour son Maitre, & qu'ils n'ont pas manqué de publier que ce n'étoit qu'une imitation de quelques autres Pieces qu'on voit journellement sur le Theâtre. Je demeure d'accord avec ceux, qu'on a mis plusieurs fois sur la Scene de ces sortes de déguisemens, & que ce

PREFACE.

n'eſt pas une nouveauté. Mais ſi ces connoiſſeurs
avoient bien examiné le perſonnage du valet qui
paſſe ici pour ſon Maître, ils auroient connû qu'il
eſt fort different de ceux qui l'ont precedé, & qu'il
prend une route toute opoſée à celle qu'ils ont tenuë.
Il n'agit point dans cette Comedie en valet extra-
vagant, au contraire il s'y ſoûtient par tout en
homme de qualité, & ne fait aucune choſe pour faire
ſoupçonner qu'il ne ſoit pas ce qu'il feint d'eſtre. Ses
manieres, ſes diſcours, & ſes habits n'ont rien de
ridicule, tout paroît en lui vray-ſemblable, & ne
tombe point par ſes actions, ni par ſes paroles, dans
des plaiſanteries outrées, & groſſieres. Il conſerve
toujours beaucoup de bienſeance, & s'il en ſort en
quelques occaſions, c'eſt de conſert avec les gens,
afin de faire mieux réüſſir ce qu'il entreprend :
Ainſi je puis dire ſeurement qu'il y a du nouveau
dans ſon caractere, dans ſes ſentimens, & dans
ſes expreſſions. Ce ſont des veritez que l'on pourra
connoître, quand on voudra ſe donner la peine de
lire cette Comedie : Adieu.

ACTEVRS.

ANSELME, Pere d'Angelique & de Mariane.

OLIMPE, Femme d'Anselme.

ANGELIQUE,
MARIANE, } Sœurs.

TOINON, Servante d'Olimpe.

LE MARQUIS, Amoureux d'Angelique.

LISANDRE, Amoureux de Mariane.

L'ESPERANCE, Valet de chambre de Lisandre.

BELLEFLEUR, Laquais d'Anselme.

La Scene est à Paris dans la maison d'Anselme.

LES
BOURGEOISES
DE
QUALITE',
COMEDIE.

ACTE I.

SCENE PREMIERE.

L'ESPERANCE, TOINON.

L'ESPERANCE.

Dieu, Toinon ; je fors, puis que
    tu t'embaraffes :
Mais tu te fouviendras que c'eft toy
    qui me chaffes,
Et que de tes faveurs dans mon pref-
fant befoin ,
Un peu d'avance faite, eut pû me mener loin.

TOINON.

T'avancer des faveurs! ce n'eſt pas là mon compte.

L'ESPERANCE.

Je dois venir icy tantoſt faire le Comte.
Si je plais, ſi mon air fait qu'on s'attache à moy,
Aprés cela, crois-tu que je veüille de toy ?

TOINON.

Tu charmeras ſans doute, & la mere, & la fille.
On te donne à la Cour un merite qui brille.
On t'y peint comme un homme à toute heure at-
taché ;
Qui pour une heure à peine en peut eſtre arraché;
Et depuis prés d'un mois qu'on leur eſt venu dire
Qu'Angelique eſt l'objet pour qui ton cœur ſoû-
pire,
Que l'ayant veuë un jour, tu te la fis nommer,
Et te ſentis contraint malgré toy de l'aimer.
Ta viſite attenduë, & fort ſouvent promiſe,
Les touche d'autant plus, qu'elle eſt toûjours
remiſe.
La cauſe s'en impute au ſervice du Roy,
Qui ne te permet pas de diſpoſer de toy.
Juge dans leur eſprit juſques où va ta gloire.

L'ESPERANCE.

Je n'ay donc qu'à parler, je leur feray tout croire.

TOINON.

Parle-leur de grandeurs, le cœur leur volera.

L'ESPERANCE.

Va, croy-moy, là-deſſus on les ſatisfera,
Je ſçauray ſoûtenir le Rôle où je m'appreſte.
Mais qui diable leur met cette grandeur en teſte ?
La mere ſort d'un ſang fécond en Procureurs,
On le ſçait.

TOINON.

Chacun aime à nourrir ſes erreurs.

L'air de Cour eſt ſon foible : elle en eſt enteſtée,
Auſſi la nomme-t'on Bourgeoiſe revoltée.
Son mary, fort bon homme , eſt le fils d'un
    Marchand,
Sa Nobleſſe eſt ſon bien.

L'ESPERANCE.
        Le bien n'eſt pas méchant.

TOINON.
Mais tu jaſes toûjours; & l'on peut nous ſur-
    prendre ,
Ton viſage connu , feroit tort à Liſandre.

L'ESPERANCE.
Hors, Mariane , icy l'on ne me connoiſt pas.

TOINON.
D'accord ; Mais il eſt bon d'éviter l'embarras,
Va-t'en, tu ſçais . . . . .

L'ESPERANCE.
        Je ſçay ce qu'il faut que je ſçache :
Au plaiſir de te voir, faut-il que je m'arrache ?

TOINON.
Je crains . . .

L'ESPERANCE.
        Je ſuis entré ſans que l'on m'ait pû voir.

TOINON.
Oh, je te quitte ; on vient.

L'ESPERANCE.
        Juſqu'à tantoſt, bon-ſoir.

SCENE II.

MARIANE, TOINON.

TOINON.

AH ! c'est vous.

MARIANE.

Avec toy j'ay crû voir l'Esperance.

TOINON.

Luy-même : Il s'est, dit-il, exercé d'importance.
Pour bien joüer son Rôle, il ne luy manque rien.
Son train de Comte est prest.

MARIANE.

Ah ! Toinon, je crains bien.....

TOINON.

Tout ira comme il faut, je réponds de l'affaire.

MARIANE.

Ma mere ....

TOINON.

A dire vray, c'est une étrange mere.
Vôtre sœur qui vous haït, la possede si bien,
Qu'il faut ou la tromper, ou ne s'attendre à rien.
Elle ne voit, n'entend, & n'agit que par elle.

MARIANE.

Toinon, c'est son aînée, & puis ma sœur est belle.
Sa beauté, tu le sçais, a des charmes si doux.....

TOINON.

Belle tant qu'on voudra, l'est-elle plus que vous?

Qu'elle ait l'œil mieux fendu, la bouche plus pe-
tite,
Ma foy, quand c'eſt là tout, je dis fy du merite.
Avec ſes grands airs, meſurez au compas,
Qui luy font regarder les gens de haut en bas,
Elle en attrape bien.

MARIANE.
Que veux-tu ?

TOINON.
Qu'elle eſt ſotte ?
Tout le monde s'en rit.

MARIANE.
Chacun a ſa Marotte.
Tous ces airs de grandeur que tu veux condamner,
Ma mere qui les prend, a ſçû les luy donner.

TOINON.
Elle a bien réüſſi d'en faire ſon Idole.
Par ſes leçons d'orgueil elle a fait une ſole,
Qui ſe perdant de veuë à ſe trop élever,
S'eſt miſe hors d'état de ſe plus retrouver.
C'eſt un grand bien pour vous qu'on vous ait ne-
gligée,
Dans la même folie on vous auroit plongée.
Au lieu que l'évitant comme vous avez pû,
Vôtre heureux naturel ne s'eſt point corrompu.
Vous eſtes douce, honneſte, engageante, & ci-
vile,
Grand attrait pour les cœurs, par là tout eſt
facile.
Vous le voyez ? Liſandre eſt ſi charmé de vous,
Qu'il fait tout ſes ſouhaits de ſe voir vôtre Epoux,
Vôtre air fin, & modeſte, a fait cette conqueſte.

MARIANE.
Je ne ſçay quel bon-heur la Fortune m'apreſte ;

Mais n'admires-tu point ce que fais le hazard ?
Pour contenter ma sœur , on me tient à l'écart ,
Tandis qu'elle se fait une Cour éclatante ,
On veut que tous les jours j'aille chez une Tante.
Lisandre est son Amy , je le vois , je luy plais ,
Il me parle , il se rend à mes foibles attraits.
Toinon , qu'en penses-tu ? c'est tout de bon qu'il
   m'aime.

TOINON.

Si son cœur est touché, le vôtre l'est de même.

MARIANE.

D'autres cœurs que le mien de son amour flattez..

TOINON.

Je le confesse , il a cent bonnes qualitez.
Genereux , obligeant ; Mais la plus importante ,
C'est ce qu'on trouve peu , dix mille écus de rente.
Un si gros revenu rend l'esprit bien content.

MARIANE.

Quand il en auroit moins , je l'aimerois autant.
Ma Tante de l'affaire ayant pris la conduite ,
De son bien avec luy , malgré moy s'est instruite ,
La bonté de son cœur , son air doux , gracieux....

TOINON.

Quoy que cela soit beau , l'argent vaut encore
   mieux.
Ce grand train , ce Carosse où déja je m'enfonce ...
Je pretens estre à vous au moins , je vous l'an-
   nonce ,
Peut-estre vous aurez quelque brave Ecuyer
Avec qui quelque jour , je puis me marier.
Vous mettant à vôtre aise , il faut que je m'en
   sente.

MARIANE.

Tu m'aimes , c'est assez , je suis reconnoissante.
Mais Toinon , je crains ....

TOINON.

Quoy ?

MARIANE.

Tu riras de ma peur.

Il faut pour s'introduire en conter à ma sœur.
Ainfi Lifandre a feint de foûpirer pour elle ;
Il luy dit des douceurs, cependant elle est belle ,
A fes airs de hauteur il peut s'accoûtumer.
Si la voyant fouvent , il venoit à l'aimer ?

TOINON.

A l'aimer ? Vous voyez qu'afin de luy déplaire
Auprés d'elle d'un fot , il prend le caractere ,
Qu'il fait l'amant d'extafe ; & cachant fon efprit,
Se fert de mots guindez dans tout ce qu'il luy
dit :
D'ailleurs , par quel éclat feroit-elle feduite ?
Elle aime l'air de Cour : Il vient icy fans fuite ,
N'a qu'un habit fort fimple ; & c'eft un fûr
moyen
Pour luy faire penfer qu'il eft mince, & fans bien.
Pour vous , fi devant elle , ou devant vôtre mere,
Il vous dit quelques mots, prenez un front fevere ,
Témoignez qu'il vous choque : & fur tout , af-
fectez ,
De loüer du Marquis les grandes qualitez.
Vôtre fœur recevra le prix de ces folies.
Le Marquis rebuté par fes brufques faillies,
Trouve en vous un efprit qui l'accommoderoit,
Et je croy qu'au befoin il vous en conteroit.

MARIANE.

Il ne me parle point qu'elle n'en foit jaloufe.

TOINON.

Tant mieux. S'il eft ainfi, Lifandre vous époufe ;
Pour fe mettre à couvert de tout chagrin jaloux,
Elle voudra par luy fe deffaire de vous.

A iiij

Je puis luy faire naître une pareille envie.

M A R I A N E.

Parle , je te devray le bon-heur de ma vie.

T O I N O N.

Laiſſez faire ; on recüeille aprés qu'on a ſemé ,
Aujourd'huy l'Eſperance en Comte transformé ,
Pour ſervir vôtre amour , c'eſt chargé de pareltre.
C'eſt un valet habile , & zelé pour ſon maître,
Il a dequoy flatter un cœur altier & vain ,
Liſandre l'a pourvû d'un magnifique train.
Le Caroſſe eſt doublé d'un velours à ramage ,
Aurore , & cramoiſi , dont le bel aſſemblage
Eſt tel , qu'on ne peut rien ſe figurer de mieux :
Les rideaux....il faut voir comme ils brillent aux
    yeux.
Ainſi que le dedans , le dehors fait connoiſtre
Par la peinture & l'or , la Nobleſſe du maiſtre.
Des chiffres à l'entour , & de grands écuſſons ,
Qui par divers quartiers , nous marquent les
    Maiſons
Des illuſtres ayeux dont eſt ſorty Liſandre.

M A R I A N E.

Les chevaux ?

T O I N O N.

          Vous prenez du plaiſir à m'entendre ?
Fort bien. L'attelage eſt de chevaux pommelez ,
Fringans , bien aſſortis , grands , ronds & potelez.
Six laquais bien taillez , la livrée admirable ,
J'ay tout vû.

M A R I A N E.

          Quand on aime , on eſt de tout capable.

T O I N O N.

Vôtre ſœur cheriſſant les Amants à fracas ,
Ce faux Comte , je croy , ne luy déplaira pas ,

Elle attend aujourd'huy sa premiere visite ;
Mais le Marquis....Il vient à propos, je vous
    quitte.
Comme il faut, s'il se peut, rendre son cœur
    jaloux,
Je m'en vay l'avertir qu'il est avec vous.

SCENE III.

MARIANE, LE MARQUIS.

MARIANE.

A Voir le noir chagrin que vous, faites pa-
    roistre
Vous n'est pas content.

LE MARQUIS.

                        Et le moyen de l'estre ?
L'orgueil de vôtre sœur me cause tant d'ennuis,
Que lassé de souffrir, je ne sçais où j'en suis.
D'un rien mal observé, sa vanité s'irrite.

MARIANE.

Aussi vous l'avoüirez, c'est un rare merite.
Sans conter sa beauté qui frape, qui surprend,
Dans tout ce qu'elle fait on trouve un air si grand,
Une élevation si noble, si bien prise....
Allez, vous en ferez une digne Marquise,
Vous estes trop heureux.

LE MARQUIS.

                        Je ne le cele point,
Mes yeux me l'avoient peinte aimable au dernier
    point,

Je m'y suis attaché, la trouvant toute belle,
Mais je ne luy croyois qu'un orgueil digne d'elle,
Une fierté reglée, & non pas ces hauteurs
Qui parmy ses Amans, font tant de deserteurs.
Je ne répondrois pas de n'estre point du nombre.

MARIANE.

Vous fuiriez le grand jour pour vous reduire à
  l'ombre ?
Dans quelle autre jamais pourriez-vous rencontrer
Ce brillant qui dans elle, a sçû vous penetrer ?

LE MARQUIS.

La beauté ne vaut pas toûjours ce qu'on présume,
Il n'est point de brillant où l'on ne s'accoûtume ;
Ce qui n'a point de prix, c'est qu'on trouve en
  vous,
Un esprit engageant, aisé, retenu, doux.
Vous souffrez qu'on s'aproche, & que l'on vous
  regarde.

MARIANE.

Mais, Monsieur le Marquis, vous n'y prenez pas
  garde ;
Depuis un certain temps vous vous radoucissez,
Et j'en prens de l'orgueil plus que vous ne pensez.

LE MARQUIS.

Je ne vous flate point, le portrait est fidelle.
Helas ! que vôtre sœur ne vous ressemble-t'elle ?

MARIANE.

Combien elle y perdroit ! Quels soins d'elle on a
  pris ?
Que de leçons ! Jamais on ne m'a rien apris.
Ma mere, à la former, de tout temps empressée,
A moy-même toûjours, sans pitié m'a laissée.

J'ay l'esprit tout uny , rien qui sente la Cour.

LE MARQUIS.

Que cet esprit uny me donneroit d'amour !
L'Art ne peut rien avoir qui vaille la Nature ,
Elle est en vous sans fard , simple, sincere , pure,
Un air sage , modeste , & remply de douceur....
Que n'en puis-je trouver autant dans vôtre sœur!
Car enfin je sens bien qu'en dépit de moy-même,
Toûjours quoyqu'elle fasse, il faudra que je l'aime.
Rien de ses dures loix ne me peut détacher,
Je suis né pour les suivre.

MARIANE.

A ne vous rien cacher ,
Ce qui vous nuit prés d'elle , & dont son cœur
s'allarme,
C'est de voir que la Cour ne soit point vôtre
charme.
On vous y voit, dit-elle, aller si rarement...:

LE MARQUIS.

J'admire où pour la Cour , va son entestement !
Mais je lis dans son cœur. Soit verité , soit conte,
Elle ne parle plus que d'un Monsieur le Comte
Qui s'est fait sa conqueste , & qui de jour en jour
S'engage à luy venir declarer son amour.
Son nom , le sçavez-vous ?

MARIANE.

Elle-même l'ignore.
C'est un Comte, il suffit ; sa passion l'honore ,
Et comme elle en reçoit des messages frequens,
Sur ses devoirs de Cour , qui prennent tout son
temps ,
Et qui font que toûjours à la voir il differe ,
Nul autre tant que luy , n'est digne de luy plaire.

LE MARQUIS:

Son idée est bien forte , & si l'on aime ainsi....

SCENE IV.

ANGELIQUE, MARIANE, LE MARQUIS, TOINON.

ANGELIQUE *Parlant toûjours avec des airs dédaigneux, & méprisans.*

QUoy je suis dans ma chambre, & vous estes icy?

LE MARQUIS.

Le plaisir de vous voir, estant ce qui m'ameine,
J'allois vous y trouver.

ANGELIQUE

Vous auriez trop de peine,
Et pour vous l'épargner, je viens vous avertir
Que vôtre heure est mal prise, & que je vay sortir.

LE MARQUIS *luy presentant la main.*

Allons, je vous conduis.

ANGELIQUE.

Il n'est pas necessaire.

LE MARQUIS.

J'ay mon Carosse là, qui....

ANGELIQUE.

Je n'en ay que faire.

LE MARQUIS.

L'ayant pris tant de fois, d'où viennent ces refus?

ANGELIQUE.

Je le voulois alors; mais je ne le veux plus.

LE MARQUIS.

Si l'offre vous déplaist, j'ay tort, je me condamne.

ANGELIQUE.

Vous seriez obligé de quitter Mariane.
Elle a tant de merite : Un tel brillant d'esprit,
Que......

MARIANE.

Monsieur le Marquis, je vous l'avois bien dit.

LE MARQUIS.

Au moins aprenez-moy , quelle faute j'ay faite ?

ANGELIQUE.

Vous ? aucune.

LE MARQUIS.

En entrant , je voy vôtre cadette.
Puis-je sans luy parler....

ANGELIQUE.

Non , vous faites fort bien ,
Et vous pouvez poursuivre un si doux entretien.
Vous avez le goust bon , de la delicatesse.

LE MARQUIS.

J'admire, à dire vray, de voir que tout vous blesse.

ANGELIQUE.

Vous me connoissez mal.

LE MARQUIS.

Mais par ce froid courroux...

ANGELIQUE.

J'approuve tout , & rien ne me blesse de vous.

LE MARQUIS.

Vous me méprisez bien.

ANGELIQUE.

Je n'ay rien à vous dire.
On doit peu murmurer des mépris qu'on s'attire.

LE MARQUIS.

Pour vous plaire , je croy que vous avez raison ;
Mais tout autre que vous....

ANGELIQUE.

Point de comparaifon.
Mon fentiment peut-eftre eft different du vôtre ;
Mais je ne regle point mes droits fur ceux d'un
   autre ,
Et s'il faut vous parler icy de bonne foy ,
Quand une fille aimable , & faite comme moy ,
Ne manquant point d'efprit, ayant de la naiffance,
Un éclat de beauté , digne de preference ,
Un merite à fouffrir , des Ducs à fes genoux ,
Fait tant que d'écouter un homme tel que vous ;
Il luy doit une ardeur fi pure , fi fidelle,
Qu'il faut qu'il n'ait plus d'yeux , plus de cœur
   que pour elle.
L'efpoir d'en eftre aimé , qu'on ne luy défend pas,
Demande un facrifice entier à fes appas ,
De fa feule beauté le culte eft legitime ,
Il doit feul l'occuper, & tout le refte eft crime.

TOINON au Marquis.

L'admirable leçon ! là , retenez-la bien.
Dame, quand on eft belle, on ne l'eft pas pour rien.
Vous eftes effrayé de ce coup de tonnerre.
Allons, pauvre ferpent, mettez-vous ventre à terre.
   à Angelique.
Achevez. Craignez-vous de le prendre trop haut?
Il vous vole un regard; bourrez-le comme il faut.

LE MARQUIS.

Tant de fierté m'étonne : & j'ay peine à comprendre.....

ANGELIQUE.

Brifons-là , je n'ay pas le temps de vous entendre.

LE MARQUIS.

Mais une fœur , pour qui le fang & l'amitié
Devroient vous infpirer....

ANGELIQUE.
Vous me faites pitié.
LE MARQUIS.
Je voy ce qui me nuit, & commence à connoître
Qu'un Rival trop vanté ...
ANGELIQUE.
Cela pourroit bien estre.
LE MARQUIS.
On le dit d'un merite à me rendre jaloux.
ANGELIQUE.
Il en aura bien peu, s'il n'en a plus que vous.
LE MARQUIS.
Du moins en choisissant ...
ANGELIQUE.
Je sçay ce qu'il faut faire,
Point de conseils.
LE MARQUIS.
J'entens, c'est à moy de me taire,
Afin qu'à ce grand choix vous pensiez à loisir,
Je m'en vay vous laisser.
ANGELIQUE.
Vous me ferez plaisir.

SCENE V.

ANGELIQUE, MARIANE,
TOINON.

TOINON.

Voila ce qui s'appelle avoir soin de sa gloire.
Ces Messieurs les Marquis voudront s'en faire
accroire,
Et seurs de leur conqueste, ailleurs impunément,
Selon l'occasion, prendront l'heureux moment :
L'orgueil les enfle assez : Il faut, lorsqu'ils s'é-
levent,
Les tenir sous les pieds, qu'ils rampent, ou
qu'ils crevent.

MARIANE.

Vous l'avez mal-traitté.

ANGELIQUE.

J'ay fait ce que j'ay dû.

MARIANE.

Quoy, parce qu'il m'a dit deux mots, tout est
perdu ?
Je suis donc bien à craindre.

ANGELIQUE.

A craindre ! vous ? j'admire
Et que vous le pensiez, & que vous l'osiez dire.

MARIANE.

Vôtre merite en tout l'emporte sur le mien,
Je le sçay : Mais enfin se fâche-t'on pour rien ?

Si

Si vous vous ne craignez pas , quoy que vous
   puiſſiez faire,
De perdre le Marquis , pourquoy cette colere ?
Ce que j'en viens de voir , fait tort à vos appas.

ANGELIQUE.

Ce diſcours eſt ſi ſot que je n'y répons pas.

MARIANE.

Vous vous abaiſſeriez.

ANGELIQUE.

          Beaucoup , je le confeſſe.

MAPIANE.

Cependant , le Marquis ne croit pas qu'il s'abaiſſe,

ANGELIQUE.

Voila comme ſouvent des termes obligeans
Faute d'eſtre entendus , gâtent l'eſprit des gens.
Quand le Marquis vous dit quelque choſe d'hon-
   neſte ,
Qu'il vous parle en paſſant , eſtes-vous aſſez beſte
Pour ne pas voir que c'eſt de concert entre-nous,
Et qu'en tout ce qu'il dit , il ſe moque de vous ?

MARIANE.

Vous n'en eſtes pas bien aſſurée , & peut-eſtre....

ANGELIQUE.

Non , perſonne jamais ne ſonge à ſe connoiſtre.
Si vous vous connoiſſiez , pourriez-vous ignorer
Quels mépris vos defauts luy doivent inſpirer ?
Vos âllures en tout ſont rudes , ſont groſſieres,
Vous n'avez aucun gouſt pour les belles manieres,
A l'air bas , qui jamais ne vous peut eſtre ôté ,
Eſt-ce qu'on vous croiroit fille de qualité ?
Trouve-t'on rien en vous qui touche , plaiſe ,
   impoſe.

MARIANE.

Je ſuis ce qu'on m'a faite , & non pas autre
   choſe,

                              B

Je ne me pique point d'un dehors éclatant ;
Mais cette qualité que vous élevez tant ,
Dites-moy je vous prie, en quoy consiste-t'elle?
Est-ce à rouler les yeux pour se faire plus belle ?
A façonner sa bouche , & passer tout le jour
Dans les soins fatigants , de prendre un air de
    Cour ?
A se mettre en la teste un désir incommode,
D'embellir son discours de termes à la mode ?
A placer sans raison , le mot de gros par tout ,
Et cent autres encor qu'on soûtient de bon goust ;
A hausser sa fontange en coquette éventée ,
Et rencherir d'abord sur la mode inventée ?
A vouloir affecter par un soin assidu ,
Pour ses Marchands , le Gras, la Frainaye, &
   l'Egu ,
A se remplir l'esprit de la fausse chimere ,
D'une sotte grandeur, qui n'est qu'imaginaire ,
A se croire d'un rang d'éclat environné ,
Quoy qu'en pleine roture on soit quelquefois né ?

T O I N O N.

Ecoutez-la jazer.

A N G E L I Q U E.

             Il faut la laisser dire ,
Rien n'est si pitoyab'e , & ce discours n'inspire....

M A R I A N E.

J'ay peine à vous comprendre avec vôtre grand'
   air ;
Car enfin estes-vous fille d'un Duc & Pair ?
Puisqu'il faut se connoistre , il est de la justice
Qu'on donne là-dessus quelque borne au caprice.
Les Duchesses n'auroient qu'un honneur impar-
    fait.....

A N G E L I Q U E.

Duchesse ! & n'est-on pas du bois dont on les fait?

Nul espoir n'est trop haut que la qualité fonde.
MARIANE.
Mon Dieu, la qualité se donne à tout le monde,
Et cent femmes de rien, sous un rang emprunté
Veulent estre aujourd'huy femmes de qualité.
Chacune prend un nom de noblesse choisie,
Examinez le fond, c'est franche Bourgeoisie.
ANGELIQUE.
Quand on ne seroit rien, l'ardeur de s'élever
Marque un noble panchant que l'on doit aprouver;
Mais la gloire pour vous ne fut jamais de mise,
Je ne m'étonne point si chacun vous méprise,
Vous avez le cœur bas, de petits sentimens.
MARIANE.
Il est vray, jusqu'icy je n'ay point fait d'amans;
Mais je n'ay point encor passe le temps d'en faire,
Et je suis dans un âge où....
TOINON.
            Le tout est de plaire,
L'âge y fait peu de chose

SCENE VI.

LISANDRE, ANGELIQUE, MARIANE, TOINON.

LISANDRE.

ENfin je voy le jour,
Mon unique Soleil eſt pour moy de retour,
La teſte parſemée, & de lys, & de roſes.

ANGELIQUE.

Vous me dites toûjours mille agreables choſes :
Mais Liſandre aujourd'huy, grace ſur la douceur,
Ou pour vous écouter, je vous livre ma ſœur.

MARIANE.

Moy ? non pas s'il vous plaiſt, je ſçay ce qu'il
en coûte.

TOINON à *Angelique.*

Bon, à moins d'un Marquis vous croyez qu'elle
écoute.

ANGELIQUE à *Mariane.*

Vous eſtes delicate.

LISANDRE.

Eſt-il rien ſous les Cieux
Qui diſpute en lumiere au brillant de vos yeux ?
Quel éclat ! c'eſt toûjours une beauté nouvelle,
Toûjours.....

ANGELIQUE.

Une autrefois vous me trouverez belle

LISANDRE.

Une autrefois! Ainfi vous voulez me quitter?
Dans quelle épaiffe nuit m'allez-vous rejetter!
Vous perdre?

ANGELIQUE.

Me perd-on, quand de moy l'on s'occupe.

LISANDRE.

Vôtre image, il eft vray....

ANGELIQUE *s'en allant.*

Laquais, prenez ma jupe.

SCENE VII.

LISANDRE, MARIANE, TOINON.

TOINON.

SA jupe, pour aller dans fa chambre! voila
Ce qui fait le bel air, & puis plantez-vous là.

LISANDRE *reprenant fon ton naturel.*

D'où vient fa fombre humeur?

MARIANE.

Elle n'eft pas contente.
Le Marquis m'a parlé, j'ay fait la fuffifante,
Je m'en fuis aplaudie, & c'eft ce qui la tient.

LISANDRE.

Dans quels faux fentimens fon orgueil l'entretient?
Tous les cœurs luy font dûs, elle feule eft aimable.

TOINON.

Mettons les fers au feu, tout nous eft favorable.

L'Esperance est-il prest ? Il faut le faire voir.
L I S A N D R E.
Il a l'air d'un vray Comte, & fera son devoir.
M A R I A N E.
Il est assez bien fait; mais quelque soin qu'il prenne.
Pourra-t'il soûtenir....
L I S A N D R E.
N'en soyez point en peine,
Sa figure pour plaire, est un grand ornement,
Et quand il paroistra dans tout l'ajustement....
M A R I A N E.
Vous n'avez point, dit-on, épargné la dépence,
L'équipage, le train...
L I S A N D R E.
Je n'ay fait qu'une avance,
Tout vous est destiné.
M A R I A N E.
Je ne demande rien,
Gardez-moy vôtre cœur, c'est un assez grand
bien.
L I S A N D R E.
Et le bien, & le cœur, tout est à vous, Madame,
C'est peu pour reconnoistre une si belle flâme.
Je vous aime, & je sors d'un assez noble sang,
Pour vous mettre en éclat, & vous donner du rang.
M A R I A N E.
Mais si l'on vous connoist ?
L I S A N D R E.
Et qui pourra le faire ?
Le faste n'a jamais esté mon caractere.
J'ay toûjours dedaigné de paroistre au dehors,
Les plaisirs de l'esprit semblent mes seuls tresors.
Mon bien est en Auvergne, & lors que je le cache,
A l'aller déterrer croyez-vous qu'on s'attache ?

Nôtre Comte d'ailleurs, qui me reconnoiſtra,
Sçaura faire de moy le portrait qu'il faudra.
Je luy feray ſi bien joüer ſon perſonnage....

TOINON.

Ma foy vous dites d'or. Tout ira bien, courage.
Mais comme à feindre en tout vous avez intereſt,
Vous nous ennuyez trop, détallez s'il vous plaiſt.

LISANDRE.

Quoy ſi-toſt ?

TOINON.

Oüy, ſi-toſt. Il faut qu'elle aille dire
Que vous voir un moment, c'eſt ſouffrir le martire.
Les ſoupçons ſont à craindre.

MARIANE.

Adieu, ſouvenez-vous,
Que rien, ſi vous m'aimez, ne ſera contre nous.

Fin du premier Acte.

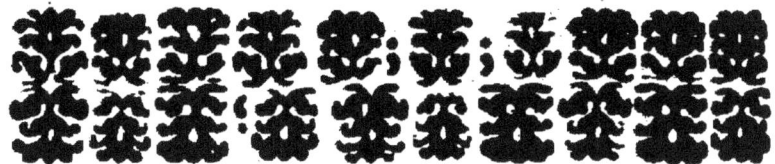

ACTE II.

SCENE PREMIERE.

OLIMPE, ANGELIQUE, TOINON.

ANGELIQUE.

 ON, Madame, avec elle on ne
sçauroit plus vivre,
Et si vôtre bonté bien-tost ne m'en
délivre,
De ses grossieretez on a tant à
souffrir,
Que l'entendre, ou la voir, c'est assez pour mourir.
Vous ne croiriez jamais de quel air mal-honneste,
Quand je l'en ay reprise, elle m'a tenu teste.

OLIMPE.

L'impertinente, à vous qui daignez prendre soin
De luy faire l'esprit.

ANGELIQUE.

Toinon en est témoin.
Elle sçait....

TOINON.

Oh, j'en suis en si grande colere....

OLIMPE.

Pour moy, je ne sçay plus ce qu'on en pourra faire.

TOINON.

TOINON.

Voila bien des façons , je vous l'ay dit souvent.
Et mardy , mettez-moi cela dans un Convent.
Est-elle propre au monde ? en retraite, en retraite.

OLIMPE.

S'il ne tenoit qu'à moi, l'affaire seroit faite ;
Son pere jusqu'ici l'a toûjours empêché ,
C'est son tresor.

TOINON.

C'est donc un tresor bien caché.

OLIMPE.

D'ordinaire on s'attache à ce qui nous ressemble.
Il est tout fait comme elle, ils sont fort bien ensem-
ble.
Tous deux nez pour la crasse, & d'esprit démonté,
Si-tôt que l'on soûtient un peu sa qualité.

ANGELIQUE.

Il faut voir là-dessus jusqu'où va sa bêtise,
Madame, elle m'a dit sottise sur sottise,
Nous prenons le grand air sans en avoir les droits;
A moins qu'estre Duchesse, on est dans le Bour-
geois.

OLIMPE.

Le Bourgeois ! Moi Bourgeoise !

ANGELIQUE.

Elle a dit pis encore,
J'en ay le cœur tout gros , elle nous deshonnore,
Madame.

OLIMPE.

Là , ma fille . . . . .

ANGELIQUE.

Ah ! plus on se contraint . . . .

OLIMPE.

Mais mon Dieu , le chagrin vous gâtera le teint

C

ANGELIQUE.

Non, si vous me laissez davantage avec elle,
Madame, il ne faut plus songer à me voir belle.
Le moyen, quand d'un Ange on auroit les vertus...
Dites la verité, j'ai les yeux bien battus ?
Dés le moindre chagrin leur brillant se relâche.

OLIMPE.

Il m'en arrive autant si-tôt que je me fâche.

TOINON.

Je ne sçai ce qu'ils sont de tout prés ; mais de loin
C'est un éclat terrible. Attendez, dans le coin ;
Il semble qu'en effet . . . . .

ANGELIQUE.

Il y paroît sans doute ;
Madame, vous voyez ce que ma sœur me coûte :
Tant qu'on la gardera, combien je souffrirai.

OLIMPE.

Laissez-moi faire, allez, je vous en déferai.
Ne vous fâchez donc point, ma fille, en dépit d'elle
Vos yeux jettent un feu qui vous rend toute belle.
Toinon, vit-on jamais un visage plus doux ?

TOINON.

Bon, les plus belles sont cent piques au dessous.
C'est un vrai blanc de lait, un teint si fin ! il semble
Qu'elle n'ait que douze ans.

ANGELIQUE.

Par là je vous ressemble.
Dans tous vos traits encore on voit tant de fraî-
cheur.

OLIMPE.

Oh. . . . .

ANGELIQUE.

Tout le monde dit que je suis vôtre sœur.

OLIMPE.

La pauvre enfant !

TOINON à part.

Voyez comme elles s'entregratent.

OLIMPE.

Pour leurs filles, il est des meres qui se flatent ;
Mais on ne dira pas que je m'aveugle.

TOINON.

Non.
Je vous dirai pourtant, si vous le trouvez bon,
Que lors que la fierté se met trop en usage,
Elle rebute plus que la beauté n'engage ;
Et que nôtre Marquis de ses froideurs lassé,
A lui faire la cour n'est plus guere empressé.
Toute sotte qu'elle est Mariane l'attire,
Il aime sa douceur.

ANGELIQUE.

Je n'en voulois rien dire ;
Mais tout à l'heure encor ils se parloient tout bas,
Et je les ai surpris qui ne m'attendoient pas.

OLIMPE.

Le Marquis ! vous verrez comme elle est toute
Qu'elle ose le prier : & se jette à sa tête.   [bête,
A se plaindre de vous il peut se hazarder,
C'est trop d'honneur pour lui que de vous regar-
der.

ANGELIQUE.

Madame, il ne faut pas en recevoir la honte.
Tantost nous devons voir ici Monsieur le Comte,
Il passe pour un homme à pouvoir rafiner
Sur les airs les plus fins qu'on se puisse donner,
Ma résolution en sa faveur est prise :
Il ne m'importe d'être ou Comtesse ou Marquise,
Je veux bien le choisir ; mais me promettez-vous
Que ma sœur n'aura point le Marquis pour
époux.

OLIMPE.

Elle ? pour lui payer l'ennui qu'elle vous donne,
Je la mettray si bas....

ANGELIQUE.

Eh que vous estes bonne!

OLIMPE.

Il est juste aprés tout, quoique de même sang,
Que l'on voye entre vous difference de rang.
Elle auroit le Marquis !

TOINON.

Vous vous moquez je pense.
Comme il paroît qu'elle a fait vœu d'incontinence,
Il faut la marier à quelque Campagnard,   [cart :
Qui dans un vieux Château vous la tienne à l'é-
Et qui pour lui donner une Charge éclatante,
D'un troupeau de dindons la fasse Gouvernante.
Mais elle entre.

SCENE II.

OLIMPE, ANGELIQUE, MARIANE, TOINON.

OLIMPE.

APprochez.

TOINON.

Comme elle marche doux.

OLIMPE.

J'áime assez à sçavoir ce qu'on m'aprend de vous.

Vous aimez le Marquis, & voulez qu'il vous aime.

MARIANE.

Moi, je ne le veus point s'il ne le veut de même.
Est-ce ma faute à moi s'il me trouve à son gré ?

OLIMPE.

Vous ? Il faudroit qu'il eût l'esprit bien égaré.
Quand on voit vôtre sœur, est-ce qu'on vous regarde ?

MARIANE.

Si ma sœur l'aime tant, & bien qu'elle le garde.

ANGELIQUE.

Que je le garde ou non, il n'est pas fait pour vous.

MARIANE.

Quelqu'autre par hazard pourra vouloir de nous.
Je sçai ce que je sçai, j'ai certaine parole. . . .

TOINON.

Voyez-vous l'arrogance ?

OLIMPE.

        Elle est folle archi-folle.
Où donc trouver un homme assez sot, qui voudra..

TOINON.

Sot ? Il faut en chercher, & l'on en trouvera.

OLIMPE.

Comme elle est aujourd'hui ! certain air de sou-
brette... ..

MARIANE.

Je suis sans nul apprest telle que Dieu m'a faite.

ANGELIQUE.

Vous croyez toutefois estre jolie.

MARIANE.

               Et bien,
Que vous en couste-t'il quand je le croiray ?

ANGELIQUE.

               Rien.

MARIANE.

Pour vous dont les attraits....

ANGELIQUE.

Sans vanité, je penfe

Que l'on met entre nous un peu de difference.

OLIMPE.

C'eft la nuit & le jour.

MARIANE.

J'aime l'obfcurité.

OLIMPE.

Sa taille promettoit d'abord quelque beauté,
Une autre par fes foins s'en fuft accommodée ;
Mais voyez, elle l'a toute dégigandée,
On ne fçait ce que c'eft, point d'air, point de façon.

MARIANE.

Tout cela changera quand j'auray pris leçon.

OLIMPE.

Les leçons n'y font rien ; à moins que la nature
N'ayde à faire les gens, fortife toute pure.
Qui m'a donné la grace, & ces je ne fçay quoy
Qui font de tous coftez jetter les yeux fur moy ?
Les exemples de Cour que j'ay tâché de fuivre.
Et voftre fœur, d'où vient qu'elle fçait fi bien
    vivre ?
Elle a vû que par tout mes airs eftoient reçûs,
Les a pris pour modelle, & s'eft faite deffus.

ANGELIQUE.

Madame, affurément, grace à ma deftinée,
Je vous dois ce que j'ay d'une fille bien née.
Mais le foin & l'étude à tout font arriver,
Quand on a le cœur bon, & qu'on veut s'élever.
Lorfqu'on s'eft mis en tefte un certain caractere,
On obferve le monde, on fait ce qu'on voit faire ;
Qu'il entre dans l'Eglife une femme à careau,
Je vois en un moment ce qu'elle a de nouveau :

D'abord je la parcours des pieds jufqu'à la tefte,
foûris, gefte, regard, tout en elle m'arrefte,
Rien n'eft à copier dont je ne vienne à bout,
Sa façon de touffer, fon hem j'attrape tout.

TOINON.

Voila comme on parvient. Depuis que je vous
Je rougis..... [prefche,

OLIMPE.

Tu perds temps, Toinon.

TOINON.

Elle eft revefche.

MARIANE.

Non, mais chacun n'a pas un talent fi parfait.....

OLIMPE.

C'eft parla qu'un Convent feroit voftre vray fait.
Quelle figure au monde efperez-vous de faire ?
On ne voit rien en vous de tout ce qui peut plaire,
Nul agrément d'humeur, l'efprit peu complaifant.

MARIANE.

Et pourquoy faire au Ciel un fi vilain prefent.
Pour moy, je l'avoûray je n'en fuis point capable,
Et ma fœur plus que moy luy feroit agreable ;
Elle eft toute charmante.

TOINON.

Et bien le croiroit-on :
La fournoife ! elle voit plus bas que fon menton.

OLIMPE.

Ce qui n'eft pas de gré, de force on le fait faire,
Nous verrons.

MARIANE.

Je fuivray les ordres de mon pere.
Il fçait ce qui m'eft propre, & cherchera mon bien.

OLIMPE.

Donc, voftre pere eft tout, & moy je ne fuis rien.

MARIANE.

Vous n'aymez que ma sœur, & la croyez si belle,
Qu'en vain....

TOINON.

Lisandre vient.

OLIMPE *à Mariane*

Demeurez, où va-t'elle?

ANGELIQUE.

Eh laissez-la sortir, Lisandre l'ennuyroit.

TOINON *la suivant.*

Si c'estoit le Marquis, elle demeureroit.

SCENE III.

OLIMPE, ANGELIQUE, LISANDRE.

ANGELIQUE.

Lisandre ayme à me voir.

LISANDRE.

Brillante, toute aymable,
Trouve-t'on rien ailleurs qui vous soit côparable?
Vos beautez sont le cêtre où tout cœur bié fait tēd.

ANGELIQUE.

Aucun autre aujourd'huy ne m'en a dit autant.
Aussi, j'en jurerois, le fidelle Lisandre
Est de tous mes Amans le plus vray, le plus tēdre.

LISANDRE.

Cent amans ne pourroiét vous fournir en eux tous,
Que l'ombre de l'amour, que mon cœur sent pour
vous,

ANGELIQUE.

Les grands mots qu'il vous met tous les jours à
    la bouche,
Me font assez paroître à quel point je vous touche.

OLIMPE.

Les grands mots peignent bien un amoureux
    transports.

LISANDRE.

Je fais comme le Cigne, il chante avant sa mort:
Tout doit haster la mienne, & l'heure en sera
    prompte,
A Monsieur le Marquis, on joint Monsieur le
    Comte.

ANGELIQUE.

M'aimez-vous assez peu, pour voir avec chagrins
Les honneurs que m'attire un glorieux destin,
Je vous croirois pour moy, l'ame plus genereuse.

LISANDRE.

Pour aimer qui la tuë, elle est trop amoureuse:
Mais ne peut-on sçavoir quel est ce Comte?

OLIMPE.

                                   Non,
Vous le verrez, en suite on vous dira son nom.

LISANDRE.

Voila bien du secret, helas, que j'aprehende!
S'il faut de ses regards que l'un sur moy s'etende,
Qu'ainsi qu'un basilic, il n'ait pour mon malheur
Des yeux à me lancer du poison dans le cœur

ANGELIQUE.

Courage, en resistant tout ennemy se dompte.

TOINON *revenant.*

Enfin preparez-vous à voir Monsieur le Comte.

OLIMPE.

Ma fille....

TOINON.

Son caroffe eſt entré dans la cour,
Je l'en ay vû defcendre, il eſt comme l'amour.

OLIMPE.

Et c'eſt luy ?

TOINON.

C'eſt luy-mefme.

OLIMPE.

En es-tu bien certaine ?

TOINON.

De reſte, il n'en eſt pas quatorze à la douzaine,
Madame, il m'a parlé : qu'il eſt beau, qu'il eſt frais,
J'en ſuis folle.

ANGELIQUE.

Toinon, a-t'il bien des laquais ?

TOINON.

Il en a je croy douze. Enfin un ſi grand nombre
Bien faits, bien découplez.

OLIMPE *rajuſtant les che-*
veux d'Angelique.

Son viſage eſt à l'ombre,
Eloignez cette boucle, allons, l'air radoucy,
Vôtre miroir de poche, & viſte, le voicy.

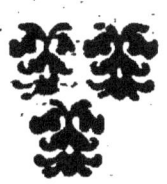

SCENE IV.

OLIMPE, ANGELIQUE, LISANDRE, LE COMTE, TOINON.

LE COMTE.

J'Entre icy fans façon, excufez la franchife,
C'eft une liberté que la Cour authorife.

OLIMPE.

Vous nous faites honneur, & vôtre qualité
Fait aplaudir fans peine à cette liberté.

LE COMTE.

Que d'éclat en ce lieu ! que de jeuneffe brille !
Je confonds Dieu me damne, & la mere & la fille,
Ce brillant fi fleury, qu'en toutes deux je voy....

OLIMPE.

Ah non, Monfieur, ma fille eft plus jeune que
moy.

LE COMTE.

Vous avez fait en elle une digne copie :
L'original s'y trouve, & rien ne l'eftropie.
Que de beautez ! fes yeux portent d'étranges
coups ;
Ah belle enchantereffe où me reduifez-vous ?
Toute cette parure ajoutée à vos charmes,
Eft un vray guet à pend, vous eftes fous les armes.

OLIMPE.

Qu'il parle joliment, fous les armes.

ANGELIQUE.

Mes yeux
'Auroient fait un exploit bien grand, bien glorieux,
Si par vous à me voir leur force ressentie,
M'avoit de vôtre cœur conquis une partie.

LE COMTE.

C'est trop peu. Je le sens, qui prest à me quitter,
Se fend, se liquefie, ah !

ANGELIQUE.

Surquoy m'en flatter ?
Quoy vous, dont le merite est sans nulle mesure....

LE COMTE.

J'en fais serment. Si j'ay quelques dons de nature,
L'usage desormais n'en sera que pour vous.

à Lisandre.

Eh bon jour nôtre amy, cōment nous portōs-nous.
Touchez.

LISANDRE.

Ce m'est, Monsieur, un fort grād avantage,
Que vous vous remettiez les traits de mon visage.

OLIMPE.

Quoy ! vous le connoissez ?

LE COMTE.

Si je le connois ? tant.
C'est un de mes vassaux, des plus petits, s'entend.

ANGELIQUE.

C'est donc mesme pays ?

LE COMTE.

Auvergne toute pure.
Son pere de mon pere estoit la creature.
Vous vous en souvenez, quand le bon homme &
vous,
Vous veniez chapeau bas...Il faisoit tō chez nous
Diable, l'or y rouloit. Madame, en confidence
Est-ii vôtre Ecuyer ?

TOINON.

Lisandre sort.

Il est fâché, je pense,
Le voila qui s'en va sans rien dire.

LE COMTE.

Ah ma foy,
Je croy qu'il n'attend pas de grands égards de moy,
Nous nous connoissons trop. S'il a l'honneur si
tendre,
Lisandre & moy sont deux, serviteur à Lisandre.

OLIMPE.

Vous voudrez bien, Monsieur, achever le tableau,
Quel est-il ce Lisandre?

LE COMTE.

Un petit hobereau
D'une Noblesse aisée à casser comme un verre,
Et qui pour tout potage à trente arpens de terre.
Franchement le bien aide à façonner les gens,
On prend, quand on en a, certains airs voltigeans.
Le plus impertinent, à force de dépense,
Devient dans le grand monde un homme d'im-
portance,
Ses deffauts de terroir sont bien-tôt dissipez,
Il trouve à se fourrer parmy les plus hupez,
Et prenant un port noble, une mine hautaine,
Le merite luy vient sans qu'il s'en mette en peine.

OLIMPE.

Je l'ay bien éprouvé. Pour réussir, il faut
Cheminer en avant, tendre toujours en haut,
Ne souffrir que les gens de la belle volée,
Point de societé, de canaille meslée,
Les personnes de peu vous donnent malgré vous...

LE COMTE.

Fy, malgré qu'on en ait on heurte avec les loups.

La plus pure Nobleſſe en les voyant ſe roüille,
C'eſt comme un ſanglier qui ſe tient dãs la ſoüille.
Par exemple , on veut bien rendre à ma qualité
Tout l'honneur qu'un vray Comte a toujours
   merité ,
Si ma maiſon n'eſt noble,il n'en eſt point en Frãce;
Mais malgré ce bonheur d'une haute naiſſance ,
Si j'eſtois demeuré dans l'un de mes Châteaux,
A compter mes moutõs,mes vaches, & mes veaux,
Viſitant mes moulins,mettant ſomme ſur ſomme,
Je ſerois Gentillaſtre, & non pas Gentilhomme :
Croyez-moy , pour tous ceux dont la gloire eſt
   le but ;
Vive la Cour , hors d'elle il n'eſt point de ſalut.
O L I M P E.
Oh ſans doute, la Cour eſt une grande école.
L E C O M T E.
Tout s'y met bien en œuvre , un double y vaut
   piſtole,
Qu'on dance , ſaute, rie , un air libre, un air fin
Entre dans tout cela qui vous enchante ; enfin
Rien n'eſt à côtretemps,c'eſt la Cour,tout y paſſe;
Dites une ſottiſe , elle a ſon prix, ſa grace ,
Le meilleur trait Bourgeois ne la peut égaler.
T O I N O N à *Angelique.*
Et bien ?
A N G E L I Q U E.
      Il me ravit à l'entendre parler.
C'eſt une liberté noble , point façonniere....
L E C O M T E.
Avant que de vous voir, je l'avois toute entiere ;
Mais icy pour la perdre il ne faut qu'un moment.
A N G E L I Q U E.
Quand pour vous mon viſage auroit quelque
   agrément ,

Ayant peu veu le monde, il seroit difficile
Que mes airs....

LE COMTE.

Tout en vous est de Cour, rien de Ville,
Hors un petit deffaut. ...

ANGELIQUE.

Eh mon Dieu, dites-moy.

LE COMTE.

C'est dans un droit trop grand certain je ne sçay
quoy ;
Il faut dans vôtre corps un mouvemét qui fauche,
C'est à dire, prenant de la droite à la gauche.

Angelique fait des contorsions.

Bon. Fort bien. A la Cour on ne veut rien d'uny,
C'est par là que de tout on doit estre muny,
Et que souvent parmy des choses tres-bien prises,
Qui sont du meilleur goust, on lâche des sottises ;
Mais on entre. Quel est cet homme favory
A qui tout est ouvert ?

OLIMPE.

à Angel.　　C'est Monsieur mon mary,
Où vient donc vôtre pere ? il va nous faire honte,
Tenons ferme. Monsieur , voila Monsieur le
Comte.

SCENE V.

OLIMPE, ANSELME, ANGELIQUE, LE COMTE, TOINON.

LE COMTE.

Ayant cherché toujours à voir ce qu'en tous
   lieux
On trouve de plus rare & de plus curieux,
J'ay sur vôtre personne apris tant de merveilles,
Que voulant contenter mes yeux & mes oreilles,
Je veux dire par là, vous entendre & vous voir,
J'accours ; vous voudrez bien Monsieur me re-
   cevoir.
Mon admiration déja pour vous s'apreste.

ANSELME.

Monsieur....

OLIMPE *bas à Anselme*.

Répondez-luy quelque chose d'honneste.
C'est un Comte.

ANSELME.

Vous voir est un honneur fort grand,
L'ayant peu merité, son excés me surprend ;
Mais je ne sçay de moy ce qu'on vous a fait croire,
Il semble à vous oüir qu'on me montre à la Foire.
Vos admirations ne me conviennent pas,
Je suis un homme simple, ennemy du fracas.

LE COMTE.

Quand on est comme vous d'une naissance illustre,
Qu'on a par son merite un veritable lustre,

On

On peut... je vous ay vû, c'eſt vous, je vous remets
Fort ſouvent à la Cour.

ANSELME
Non, je n'y vais jamais.

OLIMPE.
Pour eſtre chez le Roy, dans un poſte honorable,
Monſieur avoit traité d'une Charge admirable,
A trois cens mille francs on conclut le marché,
La brigue le rompit, Monſieur en fut fâché;
Et pour ne plus voir ceux qui luy portoient envie,
Il jura qu'à la Cour il n'iroit de ſa vie.

LE COMTE.
C'eſt grand dommage.

ANSELME.
Eh non, Monſieur, ce qu'elle dit
D'une Charge, jamais ne m'a frapé l'eſprit.
Donner cent mille écus, moy!

LE COMTE.
Monſieur eſt modeſte
Par là, ce qu'il eſt né, bien mieux ſe manifeſte;
A quoy Monſieur ſon pere a-t'il paſſé ſes jours?
Il avoit bouche à Cour.

ANSELME.
Non, il eſtoit de Tours.
Bon Marchand.

OLIMPE.
Il vous faut expliquer l'avanture.
On établit à Tours une Manufacture:
Il falloit pour cela beaucoup d'argent comptant.
Alors Monſieur ſon pere homme rare, important,
Qui tenoit un gros train, faiſoit belle dépenſe
De cinq cens mille écus aux Facteurs fit l'avance,
Entra dans le party qui n'eſtoit pas méchant,
Et retirant ſa ſomme, il ſe diſoit Marchand.

D

ANSELME *à part.*

Que va-t'elle conter !

OLIMPE.

Voila le fait.

TOINON *à Angelique à part.*

Madame....

ANGELIQUE.

Ah qu'elle l'a bien pris.

LE COMTE.

N'en craignez point de blâme,
Rien n'est plus usité. Nous autres Courtisans
A trafiquer ainsi passons nos plus beaux ans ;
Je suis Carossier , moy.

OLIMPE.

Vous ?

LE COMTE.

J'ay bien des æmules,
Je trafique en chevaux , en carosses en mules ;
D'ailleurs si de la Cour on n'avoit quelque don ,
L'equipage ira-t'il , & subsistera-t'on ?
On n'en est pas moins noble , & la dépense au-
gmente.

OLIMPE.

Dieu merci la Noblesse est chez nous éclatante.
Parlant d'Anselme.
Monsieur s'en peut promettre un honneur éternel.

LE COMTE.

On me l'a dit.

OLIMPE.

Il est du côté maternel,
Par une incontestable & directe alliance,
Arriere petit fils d'un Maréchal de France.

ANSELME *bas.*

La folle ?

OLIMPE.
Avec cela je croy qu'on a raison......

LE COMTE
Quand de pareils honneurs sont dans une maison,
La Noblesse est doublée, elle n'est plus commune;
Mais je ne songe pas que je vous importune,
Eh, Monsieur, à la Cour est-ce qu'on reconduit ?

ANSELME.
De ce qui vous est dû je suis trop bien instruit
Pour ne vous rendre pas......

LE COMTE.
                    Non, ce n'est plus l'usage,
Et me reconduisant......

ANSELME.
                    J'auray cét avantage.

LE COMTE.
Oh je serois plûtost tout le reste du jour......

OLIMPE.
Demeurez, puisque c'est l'usage de la Cour,
Ma fille......

LE COMTE.
    Ah, s'il vous plaist, ny le chef, ny le membre...

OLIMPE   à Angelique.
Accompagnez Monsieur, jusques dans l'anti-
chambre.

LE COMTE.
Je vais donc profiter de ces derniers instants,
Et marche à reculons pour la voir plus long-temps.

OLIMPE.
Qu'il est galant, Toinon ?

TOINON.
            Il sçait fort bien son monde.

SCENE VI.

ANSELME, OLIMPE, TOINON.

OLIMPE.

EN verité , Monſieur , il faut que je vous
gronde.
Vous dites contre vous certaines pauvretez
Qui me faiſant rougir ....

ANSELME.

Je dis des veritez ,
Et ne vous côprens point avecque vos ſots contes.

OLIMPE.

Il eſt bon ce me ſemble , eſtant avec des Comtes....

ANSELME.

Non , chaque choſe doit paroître ce qu'elle eſt,
Vos Comtes, vos Marquis , tout cela me déplaiſt.
Angelique ſe pert vous prenant pour modelle ,
Vos leçons de grandeur luy tournent la cervelle ;
Mais une bonne fois , écoutez bien cela.
Ma femme.

OLIMPE.

Le beau nom que vous me donnez là.

ANSELME.

Comment vous appeller? n'eſtes-vous pas ma femme ?

OLIMPE.

Je vous nomme Monſieur , appellez-moy Madame.

Ma femme est si bourgeois.

ANSELME.

Que diable sommes-nous ?
Voila l'entestement qui produit tant de foux.
Chacun de qualité se pique, ose y prétendre.

OLIMPE.

On soûtient ce qu'on est, pourquoy vouloir dé-
cendre.

ANSELME.

Mais mon pere par vous dans les Nobles rangé,
Qu'estoit-il que Marchand ?

OLIMPE.

Il avoit dérogé.
On vous l'a dit cent fois, vous estes Gentil-homme.

TOINON.

Oh, vous l'estes, Monsieur.

ANSELME.

Crains que je ne t'assomme,
Maraude, qui luy vas sottement applaudir
Sur la demangeaison qu'elle a de s'agrandir.

OLIMPE.

Puisque pour Gentil-homme on peut vous recen-
noître......

ANSELME.

Non, je ne le suis point, & ne le veus pas estre ;
Mais quand je le serois, comme beaucoup s'en faut,
Je vous prie, à quel droit le portez-vous si haut ?
Fille d'un Procureur.....

OLIMPE *d'un ton colere.*

D'un Procureur !

TOINON.

Madame,
Eh ne voyez-vous pas que.....

OLIMPE.

Mercy de mon ame,
Il doit aprehender de me pousser à bout.

ANSELME.

En quoy vous fais-je tort ?

OLIMPE.

En tout , Monsieur , en tout.

ANSELME.

Comment ? Monsieur Trigaut n'estoit pas vostre
pere ?

OLIMPE.

Non.

ANSELME.

Que me faites-vous penser de vostre mere ?

OLIMPE.

Oh, vous en penserez tout ce qu'il vous plaira.

ANSELME.

Son honneur....

OLIMPE.

Son honneur ira comme il pourra ,
Un pere Procureur me blesse, m'assassine,
Je ne puis avoüer une telle origine.
Envers & contre tous j'en maintiendray l'erreur,
Et je ne seray point fille d'un Procureur.

TOINON.

Oh Madame a raison , ses airs.....

ANSELME.

Tay-toy.

TOINON.

Peut-elle
Avoir une fierté si loüable , si belle,
A moins qu'un pere noble ...

ANSELME.

A ce conte, il faudroit
Qu'avec moy sa vertu n'eût pas marché bien droit,

Angelique son singe, ainsi qu'elle trop fiere.....

OLIMPE.

Et bien.

ANSELME.
Ne me ressemble en aucune maniere ;
Puisqu'elle a des hauteurs qui ne sont pas de moy.
Elle n'est pas ma fille.

OLIMPE.
Elle ne l'est pas ? quoy.....

TOINON.

Vous allez vous fâcher.

OLIMPE.
Je suis honneste femme.

TOINON.

Sans doute.

OLIMPE.
Qu'il le dise , autrement.....

TOINON.
Eh , Madame.

ANSELME.

Quel esprit !

OLIMPE.
L'honneur est mon plus sensible endroit.

TOINON *à Anselme.*
Vous avez tort. Faut-il dire ce que l'on croit.

OLIMPE.
Il me soupçonnera , moy qui sur la sagesse
Pourrois sans craindre rien tenir teste à Lucresse:
Moy qui sur la réserve. ...

TOINON.
On le connoît assez ,
Allez, le mal n'est pas si grand que vous pensez.
Sur vostre honneur enfin aucun mortel ne glose,
Et quand sur la conduite on diroit quelque chose,

Du moins il est d'un goust plus haut & plus exquis

D'assembler comme vous les Comtes, les Marquis,
Au hazard qu'il en couste un peu pour l'assembla-
ge,
Que de s'encanailler & paroistre trop sage.

OLIMPE.

M'encanailler ; jamais......

ANSELME.

Il faut vous excuser
Quand sur vostre Noblesse on vous entend jaser:
Car la teste vous tourne.

OLIMPE.

Outragez-moy, courage,
Allons continuez : Est-il d'un homme sage....

ANSELME s'en allant.

Vous perdez le bon sens.

TOINON.

Il nous quitte.

OLIMPE.

Suy-moy,
Il faut qu'il se demente ou qu'il dise pourquoy.

Fin du second Acte.

ACTE III.

SCENE PREMIERE.

ANGELIQUE, TOINON.

TOINON.

L'ORDRE est donné, je viens d'envoyer
    chez Lifandre.
Icy dans un moment vous le verrez fe
    rendre;
Mais quoy que vous ayez tout pouvoir
fur fon cœur,
Pretendez-vous qu'il veüille époufer vôtre fœur?
Se facrifira-t'il au defir de vous plaire?

ANGELIQUE

Je connois fon efprit, Toinon, laiffe-moy faire.
Quand il fçaura qu'à moins de remplir mes fou-
    haits,
Il faut qu'il fe refolve à ne me voir jamais;
Ne croy pas qu'il balance, il fera tout, il m'aime,
Et je l'obligerois à t'époufer toy-même.

TOINON.

Dieu m'en garde, en Auvergne aller me renfermer
Pour trente arpens de terre; oh, fi l'on veut
    m'aimer,

E

Il faut que dans Paris on ait son domicile,
Quelque bonne maison, des rentes sur la Ville,
Sans cela, mon cœur est un roc sur la douceur.

ANGELIQUE.

L'Auvergne est justement ce qu'il faut à ma sœur.

TOINON.

Mais elle hait Lisandre, à moins que vôtre pere
N'use d'authorité pour conclure l'affaire,
Je doute qu'aisément nous en venions à bout.

ANGELIQUE.

Afin de l'y porter ma mere emploira tout.
Lisandre luy paroist un homme raisonnable,
Il est fait comme luy, simple, aisé, sociable,
Sans nulle ambition, c'est dequoy le charmer.

TOINON.

Mais il aime sa fille, & voudra s'informer.
S'il aprend qu'il est gueux ?

ANGELIQUE.

Toinon....

TOINON.

Vous voila prise.
Ses trente arpens connus, adieu nostre entreprise.
Attendez. J'imagine un assez seur moyen,
Pour nous mettre en état de n'aprehender rien.

ANGELIQUE.

Et c'est ?

TOINON.

Monsieur le Comte a pour vous le cœur tédre,
Priez-le, de donner de grands biens à Lisandre,
Qu'il tâche d'éblouïr vôtre pere, il le peut.
Le bon homme est facile, & croit tout ce qu'on
veut,
Sur le raport du Comte, il tiendra veritable....

ANGELIQUE.

Tu l'as trouvé, Toinon, la chose est admirable,

Nous la propoferons quand le Comte viendra,
Il fera là deffus tout ce que l'on voudra :
Ma mere l'en priant . c'eft une affaire faite.

TOINON.

Mais fur voftre deffein vous eftes bien fecrete ,
Le cœur affez fouvent fuit le confeil des yeux.
Du Comte ou du Marquis , lequel vous plaift le
  mieux ?

ANGELIQUE.

Le Marquis à l'air bon, rien en luy ne travaille ;
Mais le Comte eft encor plus libre dans fa taille ;
Ce qu'il dit , ce qu'il fait , fent plus l'homme de
  cour.

TOINON.

Il eft vray qu'à des riens il donne un certain tour
Qui fait dés qu'on le voit , qu'on l'eftime , qu'on
  l'aime ;
Pour les airs, les grands airs, c'en eft la fine créme.
Tout ravit , tout enchanté, il ne luy manque rien.

ANGELIQUE.

Franchement, fi j'aprens qu'il ait autant de bien,
Pour laiffer le Marquis avec fa courte honte ,
D'aplaudir à ma fœur , je préfere le Comte.
Vous venez à propos, je voulois vous parler.

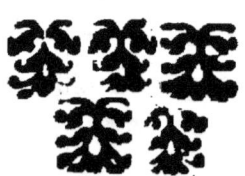

SCENE II.

LISANDRE, ANGELIQUE, TOINON.

LISANDRE.

AUprés de vos beautez vous daignez m'apeller,
Dés que l'ordre est receu je ne viens pas,
je vole.

ANGELIQUE.

Vous connoissez le Comte ?

LISANDRE.

O fatale parole.
Vostre cœur est touché, je le voy dans vos yeux.
Voila, déja, voila le Comte dans les Cieux.

ANGELIQUE.

Lisandre expliquons-nous. Vous m'aimez, je
l'avoüe,
Vos sentimens pour moy sont tendres, je m'en
loüe :
Mais je ne pense pas que cette passion
Vous ait jamais souffert nulle pretention.

LISANDRE.

Quand l'amour....

ANGELIQUE.

Rendons-nous justice l'un à l'autre,
Vous n'estes pas mon fait, je ne suis pas le vôtre.

Je suis née en un rang que je veux soutenir,
J'aime l'éclat, il faut du bien pour y fournir.
D'ailleurs, quand vous voyez qu'à l'envy pour me
plaire,
Les Comtes, les Marquis font tout ce qu'on peut
faire ;
A moins d'un Duc & Pair, vous pouvez bien
juger
Que c'est à quelqu'un d'eux, que je dois m'en-
gager.

LISANDRE.

Tout s'égale en aimant, le Sceptre, la houlette.

ANGELIQUE.

C'est ainsi que l'amour dans les Romans se traite ;
Mais un hameau seroit un fort vilain sejour,
Pour qui se trouve en place à briller à la Cour,
Je m'y sens appellée, & c'est où je dois vivre.
Suivons donc vous & , moy le chemin qu'il faut
suivre,
Et tâchant de remplir la carriere où je cours,
Je ne laisseray pas de vous aimer toujours,
Et de cette amitié qui sera de durée,
Je pretens vous donner une preuve assurée.
Dites-moy cependant, le Comte a-t'il du bien,
Qui d'un gros equipage assure l'entretien :
Parlez, de mon bon-heur faites icy le vôtre ;
Car enfin que j'épouse ou le Comte ou quelque
autre,
Vous me perdez toujours.

LISANDRE.

Quel coup a suporter !
Il me va.... Mais n'importe, il faut vous contenter,
Le Comte est possesseur par titres authentiques
De trois terres, qui sont des terres magnifiques ;

E iij

Chacune a ſon Château, grand Païs en dépend,
Et quand vous mettriez bout à bout chaque arpent,
Vous ne pourriez encor qu'avec beaucoup de peine
Parcourir en trois jours ce qu'il a de domaine.

TOINON.

O comme en ces Châteaux, en ayant le pouvoir,
Vous ferez la Princeſſe.

ANGELIQUE.

Il faudra bien les voir.
Mais, Liſandre, aprenez ce qu'une amitié tendre
Pour vous recompenſer m'oblige d'entreprendre,
N'eſtant rien l'un à l'autre, on pourroit murmurer
De voir avec chaleur cette amitié durer.
Ainſi pour prevenir les contes qu'on peut faire,
Il faut prendre les noms & de ſœur, & de frere.

LISANDRE.

Ah ! que ces noms pour moy ſeroient charmans
& doux.
Quel honneur ! mais comment nous les donne-
rons-nous,
Tous ces noms d'amitié, ſouvent on les condamne.

ANGELIQUE.

Il faut les rendre vrais, épouſez Mariane.
Alors il me ſera permis en tout honneur
De voir quand je voudray le mary de ma ſœur.

TOINON.

Elle eſt jolie au moins.

ANGELIQUE.

Eh, ne l'a-t'il pas veuë ?

LISANDRE.

Non, remply des beautez dont vous eſtes pourveuë,
Ou plûtôt abſorbé dans vos divins appas,
Je puis vous le jurer, je ne la connois pas.

TOINON.

On se connoist bien-tost quand on doit vivre en-
    semble,
Vous la verrez ; elle est plus belle qu'il ne semble,
Quand de ses yeux , du verd un peu trop appro-
    chans ,
On a pris l'habitude , ils sont assez touchans.

LISANDRE.

Mais sans me marier , ne pourrez vous pas faire…..

ANGELIQUE.

Quoy vous refuseriez de devenir mon frere ?
Je voudrois l'avoir vû.

LISANDRE.

    C'est une douce loy :
Mais…..

ANGELIQUE.

 Mais si vous m'aimez,n'estes-vous pas à moy ?

LISANDRE.

Tout entier.

ANGELIQUE.

   Cependant quand de vous je dispose,
Vôtre peu de tendresse à mes desirs s'oppose.

LISANDRE.

Et bien, faites de moy tout ce que vous voudrez ,
Liez , enchaînez-moy comme vous l'entendrez ,
Pourveu que de mon cœur vous conserviez l'Em-
Que toujours sous vos loix….   [pire,

ANGELIQUE.

    Cela s'en va sans dire ,
L'alliance rendra ce commerce plus doux.
Sçavez-vous bien ma sœur que je parlois de vous,
Je veux vous marier.

SCENE III.

ANGELIQUE, MARIANE, LISANDRE, TOINON.

MARIANE.

Moy? l'envie eſt bien prompte,
A qui donc ? auriez-vous choiſi Monſ. le Comte ?
Ouy ſans doute, & j'auray le Marquis, ah ma ſœur,
Que de bontez pour moy, vous raviſſez mon cœur,
Le Marquis ! le Marquis ?

ANGELIQUE.

Vous allez un peu viſte.
Ainſi que le Marquis Liſandre a du merite,
Il eſt riche, & c'eſt luy que je veux vous donner.

MARIANE.

Liſandre !

TOINON.

Voila bien dequoy vous étonner.
Regardez-vous tous deux, là pourra-t'il vous
plaire.

MARIANE.

Qu'ay-je à dire, moy ? rien. Je dépens de mon
pere.

ANGELIQUE.

Ah, vous en dépendez, & bien il parlera.

MARIANE.

S'il parle, je feray ce qu'il m'ordonnera.

ANGELIQUE.

Lisandre, un galant homme adoucit les plus fieres,
Vous vaincrez ses froideurs.

LISANDRE.

Je n'ay pas des manieres
Dignes de soûtenir l'honneur de ses appas.

ANGELIQUE.

Priez, offrez des vœux, & ne resistez pas.
Agis de ton costé, Toinon, mets en usage
Tout ce que......

TOINON à *Angelique.*

Laissez-moy joüer mon personnage;
Je la feray venir à jubé.

SCENE IV.

LISANDRE, MARIANE, TOINON.

TOINON.

Par ma foy,
Elle est drosle, & me donne un difficile employ,
Là, pourrez-vous l'aimer? vous estes malheu-
reuse;
Allons, criez au meurtre, & faites la pleureuse:
Dites que sur la gorge on vous tient le poignard.

LISANDRE.

L'affaire est en bon train.

TOINON *mettant son doigt au front,*

C'est de là que tout part.

J'ay dit, voyant contr'elle, & la fille & la mere,
Qu'au dehant du Convent où resiste son pere ;
A la prendre pour femme il falloit engager
Quelque sot campagnard qui pourroit s'en char-
  ger.
On a parlé de vous ; nostre Comte postiche
Vous a fait aussi gueux que vous le faite riche.
Et pour la ravaler nous avons par complot,
Arresté toutes trois que vous seriez le sot.
En estes-vous fâché ?

LISANDRE.

Point du tout.

MARIANE.

Quel caprice !
Sans mon pere qui m'aime, & qui me rend justice;
Un bandeau, malgré moy m'auroit serré le front.
C'en seroit fait.

TOINON.

Voila ce que les meres font.
A suivre un sot penchant follement entraînées,
La pluspart aux grands airs élevent leurs aînées,
Tandis qu'en un Convent, lieu pour elles mal sain;
Les cadettes nonains, sont à ronger leur frain.
Cela va bien icy ; mais garde l'autre monde :
apercevant l'Esperance.
L'Esperance est brillant dans sa perruque blonde.
On diroit d'un Seigneur tant il le porte beau.

SCENE V.

LE COMTE, LISANDRE, MARIANE, TOINON.

LE COMTE.

TU craignois de me voir étourdy du batteau;
Cependât j'ay charmé les yeux, & les oreilles,
Mon entrée a fait rage.

MARIANE.

On m'en a dit merveilles;
Tout va bien.

LE COMTE.

Vous voyez qu'un fils de païsan,
Peut tout comme un Marquis devenir courtisan,
Pourvû qu'on joüie un peu del'imaginative,
Que l'on sçache à propos manier le qui vive....
Le mestier n'est point sot quandil est bien côneu,
Je m'accoutumerois.

TOINON.

L'appetit t'est venu.

LE COMTE.

Va, c'est tant mieux pour toy si j'ay de la fortune,
Fust-ce d'une Duché, je te la rends commune.

TOINON.

C'est quelque chose.

MARIANE.

Au moins tu te peu assurer
Que de moy là dessus, tu dois tout esperer,
Lisandre m'aime assez....

LISANDRE.
Ce que vous voudrez faire
Sera toûjours pour moy.....
TOINON.
Vous plaift-il de vous taire ?
Le pofte n'eft pas feur pour vous entretenir.
LISANDRE.
Tu me chaffes encor ?
TOINON.
Songez qu'on va venir.
Un feul mot entendu, marquant l'intelligence,
Gafteroit tout, ainfi fortez en diligence.
On fçait qu'il eft entré
LE COMTE.
Je fuis homme à fracas,
Mon caroffe a fait bruit, mes laquais font là-bas.
MARIANE.
Lifandre, elle a raifon, adieu.
LISANDRE.
Je me retire,
Dites-vous pour mon cœur tout ce qu'il doit vous
dire.   *Lifandre fort.*
LE COMTE
Afin que noftre jeu marche plus finement,
Je m'en vais vous traitter un peu gaillardement.
MARIANE.
Dy ce que tu voudras.
LE COMTE.
je me couvre d'avance.
TOINON.
Prens garde à toy.
LE COMTE.
Vien-t-on ?
TOINON.
L'une & l'autre s'avancent.

LE COMTE *faisant semblant de*
ne pas voir Olimpe &
Angelique, dit à Toinon.

Hé bien, qu'est-ce la belle ? a-t-on eu le soucy
De leur faire sçavoir......

MARIANE.

Ouy, Monsieur, les voicy.

SCENE VI.

OLIMPE, ANGELIQUE, LE COMTE, TOINON. MARIANE,

ANGELIQUE.

MOnsieur le Comte, quoy, vous encor ?

LE COMTE.

Ma Princesse,
Avec vous tout plaisir, sans vous tout plaisir cesse.

OLIMPE.

Ma fille est bien-heureuse.

LE COMTE.

Il faut vous l'avoüer,
Je sors d'un lieu fort propre où je devois joüer.
C'est chez une Duchesse, on n'y respire qu'ambre,
Mais quelque beau qu'il soit, ce n'est point vostre
  chambre.
J'y trouve un Musc plus rare, & des parfums
  meilleurs,
J'y trouve.....ce qu'en vain je chercherois ailleurs.

Une bouche, des yeux, un soûris fin & tendre.

OLIMPE.

Ah! Monsieur; mais mon Dieu, l'on vous a fait attendre.

LE COMTE *montrant Mariane.*

Non, je m'entretenois avec......dans quel employ
Est-elle auprés de vous?

OLIMPE.

Qui?

LE COMTE.

Celle que je voy.
Cette jeune personne, est-ce une tapissiere?

OLIMPE.

Eh.....

LE COMTE.

Je connois d'abord les gens à leur maniere.
En vain à se cacher on a quelque interest:
Certain je ne sçay quoy porte au yeux ce qu'on est.
C'est un livre parlant.

OLIMPE.

Ah! que j'aurois de honte
De vous dire.........

LE COMTE.

Eh pourquoy? fi......

OLIMPE.

Non, Monsieur le Comte,
Car enfin croiriez-vous quand je vous le dirois
Que ce seroit ma fille?

LE COMTE.

Elle? J'enragerois.
Non, non, à d'autres, non, vous avez l'ame grande,
En elle à la grandeur je ne vois trait qui tende:
Tout est pure misere.

ANGELIQUE.

Et bien vous le voyez

L'affront que l'on reçoit.

MARIANE.

Pas tant que vous croyez.

LE COMTE.

Quoy cette laidron.......

MARIANE.

Je pense estre aussi belle
Que vous estes bien fait.

LE COMTE.

Ah ! Ah !

OLIMPE.

Quelle cervelle !

LE COMTE.

Je tombe de mon haut, faute d'estre averty ,
Je voy bien que j'ay pris un fort méchant party,
Nous autres gens de Cour nous sommes nez since-
res ,
Et la sincerité gaste bien les affaires.

MARIANE.

Chacun n'a pas les yeux de travers comme vous.

OLIMPE.

La sotte !

LE COMTE.

Laissons-luy ruminer son couroux.
Les laides ont toujours l'humeur acre , mor-
dante.

MARIANE.

Les foux l'ont encor plus.

OLIMPE.

Rentrez , impertinente.

LE COMTE.

Eh, ne la chassez point.

MARIANE.

Comment ? il me dira........

LE COMTE.

Elle me réjoüit.

MARIANE.

On vous réjoüira,
Vous le meritez bien.

ANGELIQUE.

Renvoyez-la , Madame.

MARIANE.

Je vous fais honte,

LE COMTE.

On va vous chanter game ;
Chacun aura son tour.

MARIANE.

On doit vous divertir ,
Monfieur , j'en prendray foin.

OLIMPE.

Toinon , fais-la fortir.

Elles fortent.

SCENE VII.
LE COMTE , OLIMPE, ANGELIQUE.

OLIMPE.

Monfieur le Comte , il faut excufer fa fottife,
Tout à l'heure en parlant , s'il luy vient par beftife
D'échaper quelques mots un peu defobligeans ...

LE COMTE.

Bon, eft-ce qu'on prend garde à de certaines gens,

Ma

Ma réputation est trop bien établie
Pour craindre que jamais elle soit affoiblie.
Le Roy qui me connoît confond tous mes jaloux.

ANGELIQUE.

Quelle sœur !

LE COMTE.

Cette sœur ne tient guere de vous,
Mais comment se peut-il qu'estant du mesme pere
Une fille à tel point d'avec l'autre differe.
L'une est toute parfaite, & l'autre, franchement,
Si je vous parle icy trop naturellement
Vous me le pardonnez, c'est une hapelourde.

OLIMPE.

Trop.

LE COMTE.

Outre l'air méchand, elle a l'ame aussi gourde....
Connoissez-vous ce mot ? on l'a depuis un jour,
Car il est tres-nouveau, mis en vogue à la Cour.
Il veut dire pesant.

ANGELIQUE.

Il s'aplique à miracle.

OLIMPE.

Elle n'a nul esprit & se croit un oracle,
Si vous sçaviez combien j'en souffre tous les jours...

LE COMTE.

Comme elle est fort mal propre aux graces, aux
amours,
Dont on fit de tout temps l'apanage des belles,
Que toutes ses façons sont tres-conventelles,
Que ne la guimpez-vous ?

OLIMPE.

Elle a pour mes pechez
Un pere aveugle, à qui ses deffauts sont cachez.
Point de regle, à sa mode il luy permet de vivre.

F

LE COMTE.

C'eſt l'étouffer.

OLIMPE.

Il faut qu'un mary m'en délivre.
J'en trouve un digne d'elle, & tout ſelon mes vœux.

LE COMTE.

Ce mary c'eſt ?

OLIMPE.

Liſandre.

LE COMTE.

Oüy, mais il eſt bien gueux.

OLIMPE.

Si je la place mal ſa beſtiſe en eſt cauſe.

LE COMTE.

Il eſt vray qu'en Auvergne on vit pour peu de
choſe.
A-t'on taſté Liſandre ?

OLIMPE.

Oüy.

LE COMTE.

Qu'a-t'il répondu ?
C'eſt un petit genie.

ANGELIQUE.

Il s'eſt déja rendu,

OLIMPE.

Tout ce qui m'embaraſſe eſt mon mary, peut-eſtre,
Le choiſiſſant pour gendre, il voudra le connoître,
S'informer de ſon bien.

LE COMTE.

Il n'en faut point douter.

OLIMPE.

Vous ſçachant Auvergnac, s'il vient vous con-
ſulter,
Vous pourrez l'ébloüir en le faiſant fort riche.

LE COMTE.

Oh c'est mon naturel, jamais je ne fus chiche.
Je luy veux, puisque c'est ce que vous souhaitez,
Donner dix mille écus de rente bien comptez.

OLIMPE.

C'est trop, car sa dépense est si mince & legere...

LE COMTE.

Je diray que l'éclat n'a jamais sçû luy plaire,
Et comme il est des gens qui ne se tairoient pas ;
Gens du même païs , je m'en vais de ce pas
Trouver toute l'Auvergne, & leur faire la bouche.

OLIMPE.

'Ah ! que cette bonté sensiblement me touche.

ANGELIQUE.

Monsieur le Comte agit d'un air tout engageant.

OLIMPE.

On voit ce qu'il est né.

ANGELIQUE.

Rien n'est plus obligeant.

LE COMTE.

Trop heureux si l'excés de mon amour ardente
A vostre tour pour moy , vous peut rendre obli-
geante.
Mon cœur sans nul relâche est dans l'embrasemét,
Il faut à tant de feux du rafraîchissement.
Et lors que je renonce à toutes les Duchesses ,
Pour vous donner mes soins, vous livrer mes ten-
dresses ;
J'ay besoin que vos yeux ces charmans scelerats
Adoucissent. ......

ANGELIQUE.

Pour vous que ne feroit- on pas ?

OLIMPE.

Pour payer vos ardeurs tendres & delicates ,
Ny ma fille ny moy ne feront point ingrates.

SCENE VIII.

LE COMTE, LE MARQUIS, OLIMPE, ANGELIQUE, TOINON.

LE MARQUIS.

Madame , en m'aprochant j'ay peur d'eftre
    indifcret :
Chaffez-moy , fi je trouble un entretient fecret.
Du titre d'importun je me fais tant de honte....

OLIMPE.

Nous parlions de la Cour avec Monfieur le Côte.

LE MARQUIS.

La Cour a bien dequoy fournir à l'entretien.

ANGELIQUE.

Monfieur a tant d'efprit , & la connoît fi bien....

LE COMTE.

D'efprit, j'en ay fort peu; mais on l'auroit bien rude
Si l'on ne profitoit d'une longue habitude.
L'efprit, vous le fçavez, lors que de l'hôme il fort,
Reffemble au Diamant , il eft brute d'abord.
La Cour , quand on y tient une certaine p'ace
Le taille , le polit , ce Diamant s'enchaffe ;
Jette un feu qui le rend lumineux , plus parfait.
Ce feu brille , & voila comme l'efprit fe fait.

ANGELIQUE.

Qu'il parle jufte ! il dit des chofes fans égales

LE COMTE.

J'en dis sans vanité d'assez originales.

LE MARQUIS.

Monsieur est delicat sur la comparaison.

LE COMTE.

Qui n'est pas delicat en tout, n'a pas raison ;
Car la delicatesse en fait d'esprit doit estre
Le plus friant ragoust qui serve à le repaistre.

ANGELIQUE.

Que ces mots sont choisis, Madame, qu'ils sont
forts !
Il n'avoit pas pour nous déployé ses trésors.
Quelle montre il en fait, elle est si naturelle,
Que....

LE COMTE.

Vous me loüez trop, c'est une bagatelle.

LE MARQUIS.

Monsieur entre fort bien dans le raisonnement.

LE COMTE.

Quelquesfois on s'en tire assez heureusement.

LE MARQUIS *à Angelique.*

L'excés de vostre joye à comprendre est facile.

LE COMTE.

Quel est ce jouvenceau ?

TOINON.

C'est un Marquis.

LE COMTE.

De Ville?

LE MARQUIS *au Comte brusquement.*

De Ville ! vous pourriez.....

LE COMTE.

Dequoy vous fâchez-vous ?
La Ville d'ordinaire a peu de jeunes foux.
Peu de ces étourdis, tels qu'à la Cour nous sommes,
Car il est à la Cour, des hommes & des hommes,

Et comme pour y plaire, il faut que les Barbons,
Prennent la gravité qui sied bien aux Catons :
Il seroit ridicule à tout ceux de nostre âge,
D'avoir une conduite ou reglée, ou trop sage.
Chaque chose à la Cour doit estre dans son point.

LE MARQUIS.

J'y vais de temps en temps, & ne vous y vois point.

LE COMTE.

Vous n'avez donc point d'yeux ma taille est remar-
quable.
Dés qu'il s'y fait un gros un peu considerable,
On m'y voit des premiers. Dans les apartemens.
Il faut sçavoir.

OLIMPE.

Vrayment.

LE COMTE.

J'y joüé à tout momens.
J'ay d'ailleurs par l'accés que mon crédit me dône,
Des heures de faveur qui ne sont pour personne.
à Angelique.
Prenez soin de mon cœur, vous l'avez dans vos lacs.

ANGELIQUE.

Quoy vous sortez.

LE COMTE.

Je vais chercher nos Auvergnacs.
à Olimpe.
Vous m'entendez, Madame.

OLIMPE.

Oüy, Monsieur, & j'espere
Que rien ne manquera.

LE COMTE.

Suffit, laissez-moy faire.

SCENE IX.

LE MARQUIS, OLIMPE, ANGELIQUE, TOINON.

LE MARQUIS.

IL faut vous aplaudir, car je ne puis douter
Qu'un triomphe nouveau n'ait dequoy vous
flater,
Pour vous, de tous les cœurs, la conqueste est
certaine.

ANGELIQUE.

Parlons sans déguiser, celle-cy vous fait peine.

LE MARQUIS.

J'aurois tort d'envier à vos charmans appas...

OLIMPE.

Ils sont assez brillans.

LE MARQUIS.

On n'en échape pas,
Quand je l'ignorerois, sa derniere victoire
m'aprendroit...

OLIMPE.

Son merite y trouve assez de gloire.

LE MARQUIS.

Peut-estre.

OLIMPE.

Quoy peut-estre ? on n'est pas enchanté
De voir Monsieur le Comte ? un air de qualité,
Des façons de parler !

LE MARQUIS.

Elles font singulieres.

OLIMPE.

Pour moy je n'ay point vû de plus nobles ma-
nieres.
Dans toute fa perfonne il femble qu'en effet
La nature .....

ANGELIQUE.

Et comment le croira-t'il bien fait?
Ma fœur luy plaift, par là fon gouft fe fait connoître.

LE MARQUIS.

Vous eftes belle, aymable autant qu'on le peut eftre:
Mais le feriez vous moins quand vous ne croiriez
pas,
Qu'on a tort de fe rendre à de moindres appas.

ANGELIQUE.

Allez, Monfieur, allez, cherchez-en de vulgaires,
J'auray moins d'un amant , mais je n'y perdray
gueres.
Nous pourrons nous paffer aifément de nous voir.

SCENE

SCENE X.

OLIMPE, LE MARQUIS, TOINON.

OLIMPE.

Elle fort, vous allez en eftre au defefpoir.
Pourquoy la fâchez-vous ?

LE MARQUIS.

Mais vous, pourquoy Madame,
Luy mettre à tous momens tant de fierté dâs l'ame.

OLIMPE.

Ah ! Monfieur, s'il vous plaift , d'un ton un peu
moins haut.
Nous n'avons de fierté qu'autant qu'il nous en
faut ,
Quand on tient dans le monde un certain rang, je
penfe…

LE MARQUIS.

Vôtre rang m'eft connu.

OLIMPE.

La beauté, la naiffance ,
Croyez-moy, nous voyons du monde affez poly,
Pour…

LE MARQUIS.

Madame…

OLIMPE.

Vrayment je vous trouve joly,
Ma fille a des deffauts.

G

LE MARQUIS.

Sans colere, de grace.

OLIMPE.

Non, Monsieur.

LE MARQUIS.

Ecoutez.

OLIMPE.

Si j'estois en sa place,

Je sçay bien....

LE MARQUIS.

Quoy, Madame, on ne peut vous parler,

OLIMPE.

Vous tâchez vainement à le dissimuler,
Il vous est mal-aisé de trouver vôtre compte ;
Aux devoirs que luy va rendre Monsieur le Comte;
Voila ce qui vous tient, si ce rival vous nuit.

LE MARQUIS.

Adieu, Madame.

OLIMPE.

Adieu, bon soir, & bonne nuit,

Fin du troisiéme Acte.

ACTE IV.
SCENE PREMIERE.

OLIMPE, TOINON.

TOINON.

OUy cet hymen si prompt luy tient
tient lieu de suplice,
La donnant à Lisandre, on luy fait
injustice.
Elle en veut au Marquis, & s'est
mis dans l'esprit,
Qu'au mépris de sa sœur, pour elle il s'attendrit.
Ses larmes ont coulé pour obliger son pere
De vouloir à loisir examiner l'affaire :
Mais Lisandre qu'il voit simple, & sans vanité
Luy paroist un trésor qui doit estre acheté.
Il est doux, debonnaire, en un mot son semblable,
Et pourveu qu'il luy trouve un bié un peu passable,
Fust-ce moins que le quart de ce qu'il s'est donné,
Nous verrons le bon homme à conclure obstiné,
Il n'en démordra point.

OLIMPE.
Pour ceder, & se rendre,
Il nous falloit un homme aussi sot que Lisandre.

TOINON.

Angelique a fur luy fait valoir fes attraits,
Elle l'a menacé de ne le voir jamais.
Pour ne la perdre pas, il a cru neceffaire
D'obeïr fans replique, & d'eftre fon beau-frere.
J'ay parlé là deffus, & luy faifant fonger
Que hafter fon hymen, ce fera l'obliger,
Quoy qu'il ait pour fa fœur la froideur la plus
    grande,
Il eft allé fur l'heure en faire la demande.

OLIMPE.

Mais s'il faut qu'il ait dit qu'il a fort peu de bien,
Ce que nous projettons ne fervira de rien.

TOINON.

Toinon dans le befoin fçait joüer d'artifice,
J'ay dit que tout vieillard eftoit plein d'avarice ;
Et que pour s'affurer l'hymen qu'il pourfuivoit,
Il devoit fe donner plus de bien qu'il n'avoit,
Que le bon homme eftant & credule & facile...

OLIMPE.

Il eft allé pourtant s'en informer en Ville,
S'il s'adreffe à quelqu'un pour nous trop bien
    inftruite.

TOINON.

Alors, nous nous ferons embarquez fans bifcuit.
Mais le zele du Comte en cela doit fuffire,
Il aura prevenu ceux qui pourroient trop dire.
C'eft fait de Mariane, & nous l'allons brider.

OLIMPE.

L'arrogante à fa fœur avoit peine à ceder :
Elle merite d'eftre au petit pied reduite,
Quand fon aînée aura caroffe, grande fuite,
Meubles d'Hyver, d'Eté, magnifique maifon,
De celles qui d'hoftel ont la forme & le nom.

TOINON.

Fort bien. L'hostel toujours suit les grands equi-
pages.

OLIMPE.

Ecuyer, Intendant....

TOINON.

Et peut-estre des pages.
Que sçait-on ? le Comte est d'assez bonne maison
Pour vouloir que sa femme....

OLIMPE.

Auroit-il pas raison ?
Angelique luy plaist.

TOINON.

Luy plaist ? Elle l'enchante.
Mais je crains Mariane, elle n'est pas contente,
C'est un esprit fâcheux qui peut se revolter,
Jusqu'au contract signé je voudrois la flater,
Si son mépris éclate, & rebute Lisandre ?

OLIMPE.

Elle vient. Il faut voir ce qu'on en doit attendre.

SCENE II.

OLIMPE, MARIANE, TOINON.

OLIMPE.

Mariane aprochez. J'aprens que vôtre sœur
A pour vos interests fait cõnoître son cœur.
Quoy qu'un dépit jaloux vous ait fait croire d'elle,
Elle est bonne, & vous garde une amitié fidelle.

G iij

Elle a crû, le pouvant, vous devoir marier.
Avez-vous eu l'esprit de la remercier?

MARIANE.

Moy? je n'ay point pressé pour estre mariée,
Dequoy s'embarasser? l'en avois-je priée?

OLIMPE.

Voila vôtre esprit aigre, on vous cherche un époux,
Et l'on diroit encor qu'on ne fait rien pour vous.

MARIANE.

Ouy, parce qu'on me hait, que je suis la cadette,
C'est à moy de vouloir ce que ma sœur rejette.

OLIMPE.

Lisandre peut-il estre un homme a rejetter?
Il a du bien autant qu'on en peut souhaiter,
Quantité d'argent fait.

TOINON.

Des meubles à revandre.

MARIANE.

Eh bien, s'il est si riche, elle n'a qu'à le prendre,
Je ne l'empesche point.

TOINON.

Ecoutez, entre nous
Peut-estre elle fait mal d'y renoncer pour vous.
C'est vous faire paroistre une tendresse insigne,
Elle vous aime trop, vous n'en estes pas digne,
Au lieu d'estre riante, & de luy sçavoir gré….

OLIMPE.

Pour ingrate, elle l'est au suprême degré:
Tu sçais Toinon, tu sçais qu'elle a forcé Lisandre
De luy donner parole, il vouloit s'en deffendre,
Et n'abandonne encor qu'avec beaucoup d'ennuy…

MARIANE.

S'il ne veut point de moy, je ne veux point de luy.

TOINON *bas à Olimpe.*

Ne luy faites point voir qu'il se rend par côtrainte,
haut

Non, Madame, Lisandre a resisté par feinte,
Son merite le charme, & le fait soupirer,
Il me l'a dit luy-même, & j'en pourrois jurer.
Comme il a de grands biés, il l'en rendra maitresse,
La mettra s'il le peut dans un rang de Princesse,
Rien ne luy doit manquer.

OLIMPE.

Enfin on a grand tort
D'arrester un hymen....

MARIANE.

Cela me plairoit fort,
Mais je ne donne point dans toute cette pompe,
On a beau m'éblouïr afin que je me trompe,
Lisandre, pour l'aymer, est trop original,
Je croy qu'en luy l'esprit, le bien, tout est égal ;
Il dit si sottement les choses qu'il veut dire....

TOINON.

Elle croit se connoistre en esprit.

OLIMPE.

Je l'admire.

MARIANE.

Quand il parle à ma sœur, c'est un certain jargon...

TOINON.

Oh, la grande beauté fait perdre la raison.
Il est extasié quand il est devant elle ;
Mais il retrouve ailleurs sa langue naturelle,
Parle comme un autre homme.

MARIANE.

Il ne me sieroit pas
D'insulter mon aînée à qui je dois le pas.
Qu'on la marie, & puis comme rien ne me presse,
Si l'on juge qu'il faut....

G iiij

TOINON.

Voyez-vous la finesse,
Afin que le Marquis.....

MARIANE.

Quand il m'épouseroit,
Ma sœur n'en voulât point, le grād mal qu'il feroit.

OLIMPE.

Non, ne vous flatez pas, je sçay mieux que per-
sonne
Quel mary vous est propre, & celuy qu'on vous
donne
Ayant en divers lieux des biens fort assurez.
J'en seray la maîtresse, & vous l'épouserez.
Par cet heureux hymen je vous mets à vôtre aise,
C'est tout, & pour vous plaire, il suffit qu'il me
plaise.

MARIANE.

Vous voudrez bien avant que de rien arrester,
Sçavoir ce que mon pere en pourra raporter,
Il est allé s'instruire.

OLIMPE.

Et qu'en peut-il aprendre
Que ce que chacun sçait des grands biens de Li-
sandre,
Monsieur le Comte encor nous a dit aujourd'huy.

MARIANE.

Il le connoist ?

TOINON.

Il est d'Auvergne comme luy :
Il faut l'entendre, c'est une abondance extréme ;
Le voicy, vous pouvez le sçavoir de luy-même.

SCENE III.

LE COMTE, OLIMPE, MARIANE, TOINON.

LE COMTE *bas à Olimpe.*

J'Ay rendu la machine exempte de deffaut,
Madame, qu'on l'essaye, elle ira comme il faut;
Un ressort mal conduit, eût pû gaster l'ouvrage;
Et pour n'y craindre pas le plus petit dommage,
J'ay vû l'un aprés l'autre, avec un soin tres-grand,
Tous ceux qui....

OLIMPE.

C'est assez, le reste se comprend;
On vous est obligé.

LE COMTE.

La paix est-elle faite?
Mettez-moy bien, Madame, avec vôtre cadette,
D'un fier que je luy voy je dois me défier.

MARIANE.

Moy fiere?

OLIMPE.

Sçavez-vous qu'on va la marier?

LE COMTE.

Ouy, Madame, à Lisandre, il me l'est venu dire;
Pour des biens à foison si son cœur en desire,
Elle en regorgera; mais aussi je la plains
D'avoir à conserver ses airs durs, & contraints;

Lifandre, quoy que riche, eft un homme fans
    ordre,
Qui hait, qui fuit la Cour, qui jamais n'y fceut
    mordre.
Je voy de fon cofté qu'elle n'a pas eu foin
De prendre les leçons dont elle avoit befoin,
En vous étudiant elle eut efté parfaite.

O L I M P E.

Rien n'eftoit plus facile, elle fe feroit faite.
Vous voyez que fa fœur n'a pas mal profité
De m'avoir copiée.

L E   C O M T E.

                    Elle a tout imité
Comme fon vray portrait fe trouve dans le vôtre,
On peut dire des deux, qui fit l'une a fait l'autre.

O L I M P E.

Loin que de Mariane on puft venir à bout,
Elle a toujours....

L E   C O M T E.

                    N'importe, il eft remede à tout.
Qu'elle ait l'efprit docile, & l'intention bonne,
Madame, en moins de rien fi je ne la façonne....
Je veux offrir mes foins à Lifandre, auffi bien
Je le connois, pour elle il n'épargnera rien.

O L I M P E.

C'eft ce que je luy dis ; meubles, train, equipage,
Elle aura tout.

L E   C O M T E.

                    Déja l'amour fi fort l'engage,
Qu'afin que fon hymen ne foit point retardé,
Mon caroffe eft fuperbe, il me l'a demandé.
J'ay là bas des laquais qui fur fix grands pieds
    comptent,
Propres au dernier point, fi vous voulez qu'ils
    montent,

Vous les verrez, ce font laquais faits à plaifir¹,
Je croy pour s'épargner la peine d'en choifir,
Qu'il les prendra de mefme, & qu'il vous les
     deftine
Pour moy, qui fur les trains depuis long-temps
     rafine,
Je pretens en un jour pouvoir à peu de frais
Remplacer pour mon côpte & caroffe & laquais,
Allez, vous allez eftre en fi grande opulence....

        MARIANE.
Si tout ce qu'on me dit eftoit vray, patience ;
Mais peut-eftre....

        OLIMPE.
             Elle veut toujours fe défier,

        MARIANE.
Je crains....

        TOINON.
          Sans dire mot laiffez-vous marier.
Dequoy pouvez-vous donc avoir peur ? vôtre
     mere
Sçait bien ce qu'elle fait.

        MARIANE.
            Il faut ouïr mon pere ;
Il vient.

SCENE IV.

ANSELME, OLIMPE, MARIANE, LE COMTE, TOINON.

ANSELME.

VOus avez fait ma femme, un digne
  choix,
La chofe eſt tres-certaine, & va tout d'une voix.
Liſandre eſt riche encor plus qu'on ne s'imagine,
Je viens de divers lieux....

LE COMTE *bas à Olimpe.*
Madame, la machine ?

OLIMPE.

J'entens. J'eſtois, Monſieur, fort ſeure de mon fait,
Je laifferois tromper vôtre fille ?

ANSELME.
En effet,
Vous devez comme moy chercher ſon avantage,
La pauvre Mariane eſt heureuſe, elle eſt ſage,
Et je l'ay toujours dit, que quelque bon hazard
Pour l'en recompenſer luy viendroit toſt ou tard.

OLIMPE.
Elle euſt pourtant ſans vous, refuſé de me croire.

ANSELME.
Comme elle j'ay doute qu'il nous vint tant de
  gloire;

Mais differentes gens par le mesme raport
Ont si bien confirmé la chose....

LE COMTE à Olimpe.

Le ressort ?

ANSELME.

Monsieur, excusez-moy, je ne prenois pas garde
Que vous estes icy.

LE COMTE.

Tout ce qui vous regarde
Me touche trop, Monsieur, pour ne partager pas
Le plaisir d'un hymen dont je fais tres-grand cas,
Lisandre est mon amy, mon voisin en Province,
S'il aimoit à paroistre, il y vivroit en Prince ;
Mais quoy que liberal, se plaisant à donner,
La grandeur luy déplaist, il faut luy pardonner,
C'est son humeur.

ANSELME.

J'aprouve une telle conduite,
Si l'éclat plaist d'abord, il blesse dans la suite,
La dépense a souvent un chagrinant retour.

LE COMTE.

Vous m'avourez pourtant que la Cour est la Cour,
C'est là....

OLIMPE.

Monsieur le Comte à raison, est-ce vivre,
Que n'avoir pas toujours le bel exemple à suivre ?
On est si mince, on a des airs si languissans....

ANSELME.

On conserve son bien, c'est avoir le bon sens.
Lisandre....

LE COMTE.

Nous avons nos terres contiguës,
Des parcs d'une grádeur, il faut voir, & des veües....

Ecoutez, en amy je veux vous empefcher
D'avoir un créve-cœur qui pourroit vous fâcher,
Lifandre eft un bon homme, & chaud dans fes
   tendreffes,
Il a déja pris feu pour cinq ou fix maîtreffes ;
D'abord rien ne luy coufte, il veut tout époufer ;
Mais quand il peut avoir le temps de s'avifer....

A N S E L M E.

Il n'en a pris aucun pour conclure l'affaire,
Luy-mefme il s'eft chargé d'amener le Notaire,
Je les attens tous deux.

LE COMTE.

        Lifandre fignera,
J'en fuis feur, & demain il s'en repentira.
Plaidez, il en fera quitte pour peu de chofe.
Ainfi j'infererois quelque petite claufe,
Quand des conditions vous ferez convenus
Pour dédit, en fignant mettez vingt mille écus.
S'il s'engage, par là fon humeur inconftante
Ne pourra plus vous nuire, il faudra bien qu'il
   chante,
Diable, vingt mille écus.

O L I M P E.

      Monfieur a fort bien dit,
Il faut dans le Contract employer le dédit.

A N S E L M E.

Nous le propoferons ; mais je te voy rêveufe,
Courage, Mariane, on va te rendre heureufe,
Explique tes defirs, s'ils font ailleurs portez....

O L I M P E.

Une fille doit-elle avoir des volontez ?

M A R I A N E.

Non, Madame, & par là j'obeïs à mon pere,

OLIMPE.

Vous faites bien.

BELLEFLEUR *entrant.*
Monsieur, c'est Monsieur le Notaire,

ANSELME.
Et Lisandre ? il l'ameine ?

BELLEFLEUR.
Ouy , Monsieur,

ANSELME.
Promptement ;
Fais les entrer tous deux dans mon apartement ;
au Comte.
Comme l'affaire m'est d'une extréme importance,
Permettez-moy....

LE COMTE.
Monsieur....

ANSELME.
Il y faut ta presence,
Vien, suy moy Mariane.

OLIMPE.
Allez.

SCENE V.

OLIMPE, LE COMTE.

OLIMPE.

Vous voudrez bien
signer ce beau Contract ?

LE COMTE.

Je ne refuse rien.

OLIMPE.

Il faut vous épargner le jargon des Notaires,
Tandis qu'on dressera les clauses necessaires,
Je vay vous envoyer ma fille.

LE COMTE.

Trop d'honneur,
Le plaisir de la voir fait mon plus grand bonheur;
Mais songez au dédit, il faut sur tout le mettre;
Comme il est force sots qui s'osent tout permettre,
Il peut s'en trouver un, qui le Contract signé,
Viendra peindre Lisandre aussi gueux qu'il est né:
Je voy vôtre cadette avec excés cherie,
Son pere voudra-t'il alors qu'on la marie ?
A moins que le dédit qu'il craindra de payer....

OLIMPE.

Oh, pour le faire mettre il faut tout essayer,
J'en viendray bien à bout, j'y cours, vous n'allez
    estre
Que quelques momens seul.

SCENE

SCENE VI.

LE COMTE, TOINON.

LE COMTE.

Scais-je servir mon Maistre ,
Toinon ?

TOINON.

Tu me ravis. Où diantre as-tu pesché
Ces figures d'un corps a demy déhanché ?

LE COMTE.

On m'a veu de tout temps, soit dit sans flatterie ,
Copiste tres-exact de la Minauderie.
Comme tout en est plein , je me fais des leçons
Sur ce qu'on peut nommer Minaudieres façons,
Et quand par mon moyen quelque intrigue s'acroche ;
Qu'il faut joüer un fat, j'en ay le role en poche.

TOINON.

Tout va bien jusqu'icy ; mais je crains….

LE COMTE.

Que crains-tu ?

TOINON.

Je crains que quelque esprit, qui peut-estre incõmu,
Poussé par un instinct, à nos souhaits contraire,
Ne vienne un peu trop tost découvrir le mistere,
Et…. Voicy le Marquis.

H

SCENE VII.

LE COMTE, LE MARQUIS, TOINON.

LE MARQUIS.

Que m'a-t'on dit Toinon,
On donne Mariane à Lisandre. Mais non
Cela n'est point. Lisandre a si peu l'apparence....

LE COMTE.

En fait de mariage on compte la finance,
Lisandre est cousu d'or, si vous ne le sçavez.

LE MARQUIS.

Dy moy Toinon, ses vœux sont-ils d'elle aprou-
vez ?
La surprise où je suis d'un pareil hymenée....

TOINON.

Que voulez-vous que fasse une fille bien née ?
Ce matin mesme encor, elle n'y pensoit pas ;
Mais Lisandre a du bien, Monsieur en faisoit cas,
Madame à le choisir trouve de la Justice.
On veut qu'elle l'épouse, il faut qu'elle obeïsse.
On dresse le Contract.

LE MARQUIS.

Ah Toinon, je crains bien
Que pour plaire à sa sœur....

LE COMTE.

Allez, ne craignez rien,

L'affaire est merveilleuse, & par ce mariage
Elle va devenir Dame du haut étage.

LE MARQUIS.

Lors que je luy souhaite un sort heureux & doux,
J'en voudrois un garant plus assuré que vous.

LE COMTE.

On en doit pourtant croire un homme de ma sorte,
Je suis né dans un rang assez grand....

LE MARQUIS.

Que m'importe.

LE COMTE.

Que vous importe ? il est des gens en quantité
A qui me connoissant, il auroit importé.

LE MARQUIS.

Je ne vous connois point, il est vray, mais peut-estre
Je viendray par mes soins à bout de vous connoître.

LE COMTE.

La Cour......

LE MARQUIS.

Ma foy, la Cour n'a pas le goust exquis,
Si pour vous son estime.......

TOINON.

Eh, Monsieur le Marquis?

LE COMTE.

Il est bon quelquefois qu'un grand cœur se sur-
monte :
On sçauroit sans cela, vous......

TOINON.

Eh, Monsieur le Comte.

LE COMTE.

Quoy, quand ma qualité le devroit empescher....

TOINON.

Ah, ne vous fâchez point.

LE MARQUIS.

Laisse-le se fâcher.

H ij

LE COMTE.

Moy, si j'en faisois rien j'aurois l'ame bien lâche.
Comment donc ? pour vous plaire, il faut que je
   me fâche.
Vous avez bien trouvé voftre homme.

LE MARQUIS.

                    Je me tais :
Les gens vrayment polis ne se fâchent jamais.
Ailleurs qu'icy pourtant on sçaura si bien faire ,
Que vous vous fâcherez.

LE COMTE.

                Ah ! s'il est necessaire
Je ne dis pas que non : mais enfin ce sera.
A cause seulement qu'il vous en déplaira.
J'ay sur le point d'honneur les manieres tres-vives.

DE MARQUIS.

Si.....

LE COMTE.

    Vous ne tiendrez point mes volontez captives.
Je suis libre, & prétens pouvoir selon le cas
Me fâcher malgré vous , ou ne me fâcher pas.

TOINON.

Point de bruit s'il vous plaift, Meffieurs.

LE MARQUIS, *à Toinon.*

              Il faut me taire ;
Mais dans ce qui se passe il entre du myftere.
Sa mine, ses façons, tout me le rend suspect.

LE COMTE.

Je suis, dont bien vous prend , dans un lieu de
   respect,
Mais nous verrons à quoy nos devoirs nous appel-
   lent.

SCENE VIII.

LE MARQUIS, LE COMTE, TOINON, ANGELIQUE.

TOINON *à Angelique.*

VEnez mettre la paix ; ces Meſſieurs ſe querel-
lent.

ANGELIQUE.

Qu'eſt-ce donc ?

LE COMTE.

Ce n'eſt rien.

ANGELIQUE.

Toinon......

TOINON.

Que voulez-vous ?

Un mot......

LE COMTE.

C'eſt une affaire à vuider entre nous,

ANGELIQUE.

Vous a-t-on offencé ?

LE COMTE

Monſieur le Marquis jaſe ,
ɟl fait le ſuffiſant, le patron de la caſe.

ANGELIQUE *au Marquis.*

Comment ! je voudrois bien , Monſieur, ſçavoir
ſurquoy
Vous vous donnez des airs ſi peu dignes de moy,

LE MARQUIS.

Monsieur est heureux.

ANGELIQUE.

Là, montrez vos fantaisies.

LE MARQUIS.

Vous prenez son party ?

ANGELIQUE.

Voila vos jalousies.

LE MARQUIS.

Moy jaloux ! si jamais j'ay ce cruel ennuy,
Ce malheur me viendra d'un autre que de luy.

ANGELIQUE.

Vous n'auriez pas pourtant trop de tort de le crain-

LE MARQUIS.   [dre.

J'en doute.

LE COMTE.

Il ne faut point là-dessus vous contraindre;
Chassez-moy, si mes soins....

ANGELIQUE.

Je m'en garderay bien.

LE MARQUIS.

Ainsi vous preferez son interest au mien ?

ANGELIQUE.

Me manquer de respect sur de vaines chimeres,
Ce n'est pas le moyen d'avancer vos affaires.

LE MARQUIS.

J'ay toujours eu pour vous tant d'égards, que je
croy.....

ANGELIQUE.

Vous en devez avoir pour tous ceux que je voy.
Sur tout, Monsieur le Comte a lieu plus que per-
sonne,
Par le rang qu'a la Cour sa naissance luy donne,
D'attendre que chacun rende à sa qualité
L'honneur qu'elle demande, & qui l'a merité.

LE MARQUIS.

Vos fentimês font beaux, pourvû qu'il y réponde...

ANGELIQUE.

Sçachez qu'il ne rend pas vifite à tout le monde,
Et que nous eſtimant aſſez pour vouloir bien
Nous diſtinguer des gens....

LE COMTE.

Ne parlons plus de rien;
C'eſt trop, j'oubliray tout.

ANGELIQUE.

Je ne fuis pas fi bonne,

LE MARQUIS.

Il faut vous détromper afin qu'on me pardonne,
Et comme vainément fans eſtre mieux inſtruit,
J'eſſayrois de combatre une erreur qui vous nuit,
Je trouveray peut-eſtre une voye aſſez prompte
Pour vous aprendre à fond ce qu'eſt Monſieur le
     Comte.

LE COMTE.

Ah parbleu, je n'ay pas deſſein de le cacher.

SCENE IX.

ANGELIQUE, LE COMTE, TOINON.

TOINON.

JE croy que pour vous nuire, il aura beau cher-
     cher.

LE COMTE.

Qu'il cherche, fon chagrin n'a rien que je redoute.

ANGELIQUE.

Je rougis en penſant à ce que je vous couſte.
Vous me haïrez bien.

LE COMTE.

L'inſulte fait ſouffrir ;
Mais quand un vray merite a ſceu ſe découvrir ,
Que ce merite eſtant ſans borne , ſans limite ,
Va, comme il fait en vous au delà du merite ;
Qu'il force… Je diray le reſte une autrefois.
Vous avez un brillant qui me coupe la voix ,
Ce qu'il a de lumiere au moment qu'elle éclate….

ANGELIQUE.

Que vous eſtes flatteur !

LE COMTE.

Vous eſtes une ingrate ,
Qui pour ne pas payer les peines de mon cœur….

ANGELIQUE

Allons , venez ſigner au contract de ma ſœur ,
Vous avez trop de part à ce grand mariage…. .

LE COMTE.

Pour vous, ſi j'avois pû, j'aurois fait davantage.

ANGELIQUE.

J'en ſuis tres-ſatisfaite , on ne peut rien de mieux.

LE COMTE.

C'eſt là le moindre effet du pouvoir de vos yeux.

Fin du quatriéme Acte.

ACTE V.

ACTE V.

SCENE PREMIERE.

OLIMPE, ANGELIQUE.

OLIMPE.

N croit donc que Lisandre est un
homme admirable.

ANGELIQUE.

Mon pere trouve en tout qu'il est in-
comparable.

OLIMPE.

Et Mariane ?

ANGELIQUE.

Elle est dans le raviffement.
Je viens de la quitter, c'est un plaisir charmant.
Elle se croit déja dans la haute opulence,
Dit qu'elle me doit tout, & pour reconnoissance,
Comme elle est naturelle, & de tres-prompte foy,
Jure de partager sa fortune avec moy.

OLIMPE

Avec vous? c'est vous faire un fort grand avantage.

ANGELIQUE.

Ne luy découvrons rien avant son mariage.

I

OLIMPE.

Qu'en arriveriot- il ? le dédit arresté,
Met selon nos souhaits l'affaire en seureté.
Son pere voudroit-il, quoy qu'on luy pût aprendre,
Payer vingt mille écus qu'il devroit à Lisandre.
Le Comte en proposant d'employer ce dédit,
Pour lier Mariane a fait un tour d'esprit.
Ce soin pris à propos, montre bien qu'il vous aime.

ANGELIQUE.

J'avois, je vous l'avoüe une frayeur extrême,
Que s'estant vû tantost du Marquis insulté,
Dans son amour naissant il ne fust rebuté ;
Mais ses feux ont toujours la mesme violence.

OLIMPE.

Le Marquis l'insulter ! voyez l'impertinence.

ANGELIQUE.

Il est jaloux, Madame,

OLIMPE.

                              Il ne le seroit pas
S'il n'estoit convaincu, qu'on en doit faire cas,
Rien ne nous prouve mieux le merite du Comte.

ANGELIQUE.

Peut-estre à l'estimer je suis un peu trop prompte;
Mais de ce que j'ay vû de personnes de Cour,
Je le tiens le plus propre à donner de l'amour.
Ce sont des certains tours que n'ont point tous les
    autres.

OLIMPE.

Mes sentimens pour luy se rapportent aux vostres.
Libre en tout ce qu'il fait, il a dans l'entretien
Des façons de parler qui ne luy coustent rien.
Quoy que ce ne soit pas le langage ordinaire,
Cela plaist.

ANGELIQUE.

    Ah ! Madame, il est tout fait pour plaire.

OLIMPE.

Comme de ses desirs vous pouvez disposer,
Je croy que vous devez songer à l'épouser.

ANGELIQUE.

Me le conseillez-vous ?

OLIMPE.

Oüy, tout vous y convie,
Son hymen vous assure une agreable vie ;
C'est pour moy , c'est pour vous une entrée à la
Cour :
Vous aurez le plaisir de briller au grand jour.
Icy dans un quartier farcy de Bourgeoisie,
Qu'on ait de la beauté , ce n'est que jalousie :
Et puis à dire vray les discours obligeans
Touchent peu, s'il sont faits par de petites gens ;
Mais si l'on oyoit dire à la Cour, qu'elle est belle !
Ce seroit une joye.....il n'en est point de telle.

ANGELIQUE.

Il est vray que beaucoup s'en laisseroient flatter :
Mais voicy le Marquis.

OLIMPE.

Je le veux écouter.

ANGELIQUE.

De son emportement il vient nous faire excuse.

SCENE II.

LE MARQUIS, OLIMPE, ANGELIQUE.

LE MARQUIS.

JE voy qu'il faut enfin que je me de'abuſe,
Madame, je croyois eſtre de vos amis,
C'eſt un nom glorieux que vous m'avez permis.
Cependant vous pouvez conclure un mariage,
Sans vouloir que la joye avec moy s'en partage.
Un ſi cruel mépris ſe peut-il ſuporter?

OLIMPE.

L'amour qu'on deſeſpere eſt contraint d'éclater,
Mariane pour vous, s'eſtoit renduë aimable,
Je vous plains du chagrin dont elle vous accable,
On ſçait que vous voyez ſon hymen a regret.

LE MARQUIS.

Si j'oſe en murmurer, ce n'eſt que du ſecret.
Mariane y rencontre un ſi grand avantage,
Qu'à vous en aplaudir ſon intereſt m'engage.
Liſandre eſt de naiſſance, & riche au dernier point.

OLIMPE.

Il a de tres-grands biens, nous ne l'ignorons point,
Et par là, Mariane à qui je le marie....

ANSELME.

Eh ne luy dites rien, Madame, je vous prie.

LE MARQUIS.

On n'a rien à me dire, & je viens bien instruit.
Chez un homme informé le hazard m'a conduit,
Sa naissance, son bien, contre toute aparance,
Pouvoient luy procurer la plus haute alliance,
La jeune Mariane est le choix de son cœur,
Il l'aimoit....

OLIMPE.

Laissons-là joüir de son bon-heur,
Et venons au chagrin dont on m'a rendu compte.
Vous osez, me dit-on, brusquer Monf. le Comte ?
Et sans voir que c'est moy qu'en luy vous offensez,
Vous suivez de vos feux les transports insensez.
Cherchez à moderer vôtre jalouse bile,
Des gens de qualité ma maison est l'azile.
Si quelqu'un vous y choque, il est en vôtre choix
D'y venir aujourd'huy pour la derniere fois.
Il ne sera point dit qu'une longue hantise,
Chez moy vous fera prendre aucun droit de maî-
    trise ;
Et malgré les projets que vous avez conceus,
Les gens d'un certain rang y feront bien receus.

LE MARQUIS.

Parmy ceux que chez vous vôtre merite attire,
Des gens d'un certain rang je n'auray rien à dire ;
Mais qu'un Comte inconnu vous ébloüisse au
    point
De vous faire penser ce qui peut n'estre point....

OLIMPE.

Inconnu, dites-vous ? vous nous la donnez bonne,
La jalousie aveugle, & je vous le pardonne ;
Nous sçavons, pour le bien & pour la qualité,
Ce qu'est Monsieur le Comte, & puis, sans vanité
Je ne suis point trop dupe, à la mine....

LE MARQUIS.

Eh Madame....

OLIMPE.

Je connois l'honneste homme , & je lis dans son
ame :
Tel est Monsieur le Comte , & quand de tous
costez
On ne vanteroit point ses grandes qualitez ,
Pour luy, dés qu'on le voit, tout est si favorable...

LE MARQUIS.

D'accord ; mais il peut-estre un gueux , un miserable ,
Un faquin ...

OLIMPE.

Ah , Monsieur, tréve d'emportement,
Il pourroit vous aprendre à parler autrement.
Si de vos gens de rien la foule ailleurs abonde,
Les femmes comme moy sçavent choisir leur
monde ,
Et vous devez penser, lors que je vois quelqu'un,
Que puisque je le souffre, il est hors du commun,
Je croy vous faire honneur en parlant de la sorte.

LE MARQUIS.

Sans doute: mais enfin bien loin que je m'emporte,
Ce Comte si bien fait , dont on me croit jaloux ,
Est possible un filou qui s'introduit chez vous.
Il est tant de ces gens qui sous le nom de Comte....

ANGELIQUE.

Vous l'attaquez absent, craignez qu'à vôtre honte,
Pour prouver sa noblesse , il ne fasse éclater....

LE MARQUIS.

Eh je ne le croy pas si fort à redouter.

ANGELIQUE.

Quelquefois on se flatte.

LE MARQUIS.

Il vient, c'est mon affaire.

OLIMPE.

S'il vous échape un mot qui puisse luy déplaire,
Je vous en avertis, dans mon juste courroux,
Je ne garderay plus de mesures pour vous,
Nous romprons sans retour.

LE MARQUIS.

Vous serez satisfaite,

J'auray tous les égards...

SCENE III.

LE COMTE, LE MARQUIS, OLIMPE, ANGELIQUE.

LE COMTE.

HE' bien nostre cadette
A-t'elle le cœur gay dans son état nouveau ?
A son âge, un époux est un friand morceau.

ANGELIQUE.

Le party l'accommode, elle en est fort contente.

LE MARQUIS.

La fortune pour elle est assez éclatante.

OLIMPE.

Nous sçavons quel éclat elle peut luy donner.

LE MARQUIS.

Si vous le sçavez bien, il doit vous étonner.
Lisandre avec splendeur soutient ses avantages.
Il a, le croiroit-on, des Comtes à ses gages,

I iiij

A qui pour le servir selon ses interests,
Il fournit équipage, & carosse, & laquais.
Monsieur peut vous le dire, il en sçait des nouvelles

LE COMTE.

J'en sçay; mais franchemêt elles sont telles quelles,
Et l'on ne doit pas trop s'en rapporter à moy.

LE MARQUIS.

Monsieur le Comte, il faut parler de bonne foy.
Si vous ne répondez.....

LE COMTE.

Répond qui veut.

OLIMPE.

De grace,
Monsieur, ne venons point à des tons de menace.
Monsieur le Comte est libre, & peut ne point parler.

LE COMTE.

Jamais le droit des gens ne se doit violer,
Et c'est un attentat que vouloir me contraindre...

LE MARQUIS.

Vous parlerez pourtant, il n'est plus têps de feindre.

LE COMTE.

Cet air d'authorité que l'on prend avec moy,
Me peut faire manquer à ce que je vous doy;
Ainsi je me retire, une autrefois, Madame...
Ailleurs qu'icy, mon cher, nous portons une lame...

OLIMPE.

Je m'étonne, Monsieur, qu'avec tant de fierté
Vous insultiez chez-moy les gens de qualité.
Vous perdez le bons sens.

LE COMTE.

La chose vous regarde,
Je suis homme d'honneur, & l'on n'y prend point
Madame, souffrez vous....   [garde.

ANGELIQUE.

Voila pour s'égorger.

LE COMTE.

Icy par pur respect je me laisse outrager ;
Mais.....

OLIMPE.

Je veux entre vous accommoder l'affaire.

LE MARQUIS.

Il n'est pas dangereux, on peut le laisser faire.
Un homme tel que luy jamais a-t-il osé ....

LE COMTE.

Croyez-vous....

LE MARQUIS.

Je te crois un Comte supposé.
Le faux nõ que tu prés, & qui veut qu'on te rende.

LE COMTE.

Ah, vous me tutayez, c'est ce que je demande.

OLIMPE *au Marquis.*

En verité, Monsieur.......

LE COMTE.

J'auray raison du toy,
Madame, s'enhardir à me tutayer, moy,
Un Gentilhomme, un Comte.

ANGELIQUE *au Comte.*

Eh, Monsieur.

LE COMTE.

Patience.

OLIMPE.

Il faut...

LE COMTE.

Non, pardevant les Mareschaux de France.
Quand nous nous y verrons, on luy dira comment
Leur prudente équité punit un tutayement.
A ces petits Marquis il faut aprendre à vivre.

LE MARQUIS.

Ce discours est si fou....

OLIMPE *au Marquis.*

Doucement.

LE COMTE.

Il est yvre.

Par moy même j'aurois un assez court chemin
De luy faire sentir....mais je pardonne au vin.
Un vray Noble est toujours au dessus de l'outrage.

LE MARQUIS.

Noble.

LE COMTE.

Ah, s'il est besoin d'en rendre témoignage,
De Noblesse avec vous je m'offre à faire assaut,
Et suis fort assuré de vous donner le saut.

ANGELIQUE *au Marquis.*

Le défy qu'il vous fait.....

LE COMTE.

Je le tiendray de mesme.
Des Comtes de mon sang je suis le dix-huitiéme,
Qui tous de pere en fils en faisant parler d'eux,
Ont fait une Comtesse, & beaucoup mesme, deux.
Dés que l'une estoit morte, ennemis de la crasse,
Ils alloient illustrer une seconde race:
C'est à moy de marcher dignement sur leurs pas.

OLIMPE.

Ce que l'on voit de vous ne degenere pas,
A soutenir leur rang vous estes fort fidelle.

LE MARQUIS *à Olimpe.*

Vous croyez donc....

LE COMTE.

Du temps de Jeanne la pucelle,
Un Comte mon ayeul au septiéme degré,
Fit maintes actions dont le Roy luy sçût gré.
L'Histoire en dit le fin, & vous n'avez qu'à lire.
C'est un garant fort seur, l'en voudrez-vous dédire.

ANGELIQUE *au Marquis.*

Vous voyez qu'il vous pouſſe.

LE MARQUIS.

Il eſt vray qu'en ce temps
Des Comtes en exploits, furent fort éclatants ;
Mais quand ſous ce faux titre on oſe.....

LE COMTE.

C'eſt un conte,
Il eſt cent faux Marquis, contre un demy faux Comte,
Et ſi j'examinois vos ayeux, par hazard,
N'y trouverois-je point un peu de ſang bâtard.
Allez, je ſuis diſcret, je tais les circonſtances.

LE MARQUIS.

Il veut vous amuſer par des impertinences.

LE COMTE.

Tout beau.

OLIMPE *au Marquis.*

Vous avez tort, l'inſulte va trop loin.

LE MARQUIS.

Puis que je ſuis ſuſpect, Liſandre eſt un témoin
Qu'on peut oüir.

OLIMPE.

Liſandre !

LE MAQUIS.

Oüy c'eſt luy qui l'employe.

LE COMTE.

Liſandre m'employer ! Ah, je'en ay de la joye.
Luy mon vaſſal tres-mince, & dont l'humble devoir.....

ANGELIQUE.

Là-deſſus de Liſandre on n'a rien à ſçavoir.
Par luy nous connoiſſons avec pleine aſſurance
Ce que Monſieur le Comte a de bien, de naiſſance,

LE COMTE.

Ce qu'il a pû vous dire eſt par tout bien connu.
Mon rang, je l'ay prouvé. Quant à mon revenu...

LE MARQUIS.

Suffit, je vois Liſandre, il va vous en inſtruire.

LE COMTE.

L'éclat non faux, mon cher, a toujours droit de
  luire.
Je garderay mon luſtre en dépit des jaloux.

***

SCENE IV.

OLIMPE, ANGELIQUE, LISANDRE, LE MARQUIS, LE COMTE.

OLIMPE.

VOus venez à propos quand nous parlions de
  vous.
Sur un grand differend on vous prend pour arbitre.
Chacun croit ſoutenir ſon avis à bon titre,
Vous en déciderez ſur le fait raporté.

LE MARQUIS à *Liſandre.*

Je vous ay peint fort riche, homme de qualité,
Qui négligeant l'éclat où vous pouviez paroître,
N'avez pris aucun ſoin de vous faire connoître.
Qu'ay-je dit en cela que vous n'avoüiez pas?

OLIMPE.

Sa naiſſance & ſon bien, ne font nul embaras.
La conteſtation eſt ſur Monſieur le Comte.

LE COMTE.

Qu'il dise ce qu'il sçait, je n'en crains nule honte.
Je sors d'une maison qui vaut plus qu'un trésor.

LE MARQUIS.

J'ay dit, je le confesse, & je le dis encor
Que ce Monsieur le Comte, avec sa suffisance,
Est un de vos valets qu'on nomme l'Esperance.

LE COMTE.

à Lisandre bas.

Vous estes lunatique, entendez-vous. Gardez
De vous perdre avec moy si vous me dégradez.
au Marquis.
Tous vos efforts icy deviendront inutiles.

LE MARQUIS.

Tantost pour l'épier j'ay mis des gens habiles,
Ils l'ont suivy par tout ; son bien, sa qualité,
Ses grands airs sont l'effet d'un rôle conserté.
Lisandre, dis-je vray ?

OLIMPE.

Vous semblez vous confondre?

LISANDRE.

Madame, sur cela je n'ay point à répondre ;
Et si vous m'en croyez sans rien examiner,
Nous conclurons en paix ce qu'il faut terminer,
Vous m'avez fait l'honneur de me choisir pour
    gendre,
Peut-estre suffit-il que je vous fasse entendre,
Que par tous les endroits qui pourront vous flater,
Par le rang, par le bien, s'il peut vous contenter,
Je puis donner sujet à plus d'une famille
D'envi   la fortune où sera vostre fille.

OLIMPE.

Je voy s'il est ainsi que son bonheur est grand,
Je croyois autre chose, & cela me surprend.

LISANDRE.

Dans ce que je vous dis qu'eſt-ce qui vous étonne?

OLIMPE.

Vous avez en effet tout le bien qu'on vous donne.

LISANDRE.   [plus.

Oüy, Madame, & peut-eſtre en trouverez-vous

OLIMPE.

Voſtre hymen eſt certain par les vingt mille écus;
Ce dédit qui nous lie, & lerend neceſſaire,
De vos pieges ſecrets m'explique le miſtere.
Vous m'avez fait donner dans le piege.

LISANDRE.

                        Et ſur quoy

Vous former des ſujets de vous plaindre de moy?
Voyez la fin de tout.

OLIMPE.

                    Je ne voy que ma honte,
On me dupe, on me joüe, on m'ameine un faux
    Comte.
Car je penetre tout ſans plus douter de rien,
Ce qu'il m'a dit d'abord de voſtre peu de bien,
Le dédit qu'il m'a fait vouloir contre moy-même...

LISANDRE.

Pardonnez à l'amour ce foible ſtratagéme.
J'ay de bonnes raiſons, & quand vous les ſçaurez,
Le faux Comte eſt un fait que vous aprouverez.

OLIMPE.

Ne vous en flatez point.

LE COMTE.

                Madame......

OLIMPE.

                    C'eſt toy, t[..]re,
Qui m'a ſçû...

LE COMTE.

            Je devois obeïr à mon Maiſtre.

Si vous me commandiez, & que je fusse à vous....

OLIMPE.

Tay-toy.

LE COMTE.

Je me tairay, n'ayez plus de courroux.

LE MARQUIS *à Angelique.*

Madame, vous voyez si c'est par jalousie.....

ANGELIQUE.

Le cruel déplaisir dont mon ame est saisie !
Sur tout ce que j'entens m'empesche de parler.
Du chagrin où je suis qui peut me consoler ?

OLIMPE.

Le Marquis a pour vous un cœur fidelle & tendre,
Donnez-luy vostre main sans plus le faire attédre.

ANGELIQUE.

L'honneur, l'amour, tout veut que je me donne
     à vous;
Ouy, Monsieur le Marquis, je vous prens pour
     époux,
Vous ne répondez rien ? Ah vostre froid silence
Me reproche en secret ma lâche complaisance.
Mais pour vanger sur vous les affronts qu'on m'a
     faits,
Adieu, je vous deffens de me revoir jamais.
Angelique sort.

OLIMPE.

De vostre procedé j'ay lieu d'estre surprise.

LE MARQUIS.

Si j'ose vous parler avec pleine franchise,
Je vous diray, Madame, en vous ouvrât mon cœur,
Que vous vous oubliez dans vos airs de grandeur.

OLIMPE.

Et quels airs ay-je donc que je n'ay pas dû prendre?

LE MARQUIS.

Je sçay tout le respect qu'aux Dames on doit rédre

J'en ay beaucoup pour vous & fur la qualité,
Je confens qu'aucun rang ne vous foit contefté :
Mais voftre exéple a mis au cœur de voftre aînée,
Un orgueil qui n'eft point d'une fille bien née.
Je renonce au bonheur de me voir fon époux ;
Je n'ay plus rien à dire & prens congé de vous.

OLIMPE.
Cent amans à l'envy foupirent pour ma fille,
Vous ne meritez pas d'eftre dans ma famille.

LISANDRE.
Par mes foumiffions ne pourray-je obtenir....

OLIMPE.
Je ne le cache point, je n'en puis revenir.
Vous me faites paffer pour une ridicule.
Quoy donc ? on publira que je fuis fi credule,
Qu'un homme de neant....

LISANDRE.
Eh moquez-vous de cour,
Aifément des fots bruits, on peut venir à bout,
Pour leur couper chemin concluons l'hymenée.

OLIMPE.
Je voy par le dédit la chofe terminée ;
au Comte. *Elle va pour le fraper.*
Mais toy, coquin, apprens ce que pefe mon bras.

LE COMTE *l'évitant.*
Oh parbleu, ces tranfports ne m'accommodent pas.

LISANDRE.
Madame, pardonnez.....

OLIMP
Non, vous m'avez trompée.
Jamais.....

SCENE

SCENE VI.

ANSELME, OLIMPE, LISANDRE, LE COMTE, TOINON.

ANSELME.

DE quel chagrin estes-vous occupée ?
Vous querellez déja vostre gendre, du moins
Quand on s'emporte, il faut que ce soit sâs témoins.
En vous abandonnant à vostre humeur trop
    prompte,
Vous oubliez que c'est devant Monsieur le Comte,
Les égards qu'on luy doit....

LE COMTE.

Monsieur, vostre bonté
M'honore plus cent fois que je n'ay merité.

ANSELME au Comte.

Pardonnez-luy, Monsieur......

LE COMTE.

Monsieur....,..

OLIMPE.

Qu'il me pardonne,
Luy la plus miserable, & plus vile personne....

ANSELME.

Comment ?

OLIMPE.

C'est un faux Comte, il nous a trompé tous,
Voila ce qui me fait.....

OLIMPE.

J'en suis fâché pour vous.

K

Vous voyez tant de gens du grand air, que peut-eſtre,
Eſt-ce une honte à vous de vous y mal connoître.
Pour moy Comtes, Marquis, qu'ils ſoient vrais,
   qu'ils ſoient faux,
Pour ce que j'en veux faire, ils me ſont tous égaux.
Vous, qui de la grandeur un peu trop enteſtée,
Croyez....

OLIMPE appercevant Mariane.

Ah ! vous voila Madame l'effrontée
Qui faites la modeſte, & qui ſecrettement
Sans prendre nos avis choiſſiſſez un amant.

LISANDRE.

Madame, c'eſt de moy dont vous.....

OLIMPE à Liſandre.

L'affaire eſt faite.
Vous joüirez du bien que voſtre amour ſouhaite,
Monſieur à voſtre hymen je ne puis m'oppoſer.
Mariane eſt à vous, vous pouuez l'épouſer ;
Mais tant que je vivray, j'auray gravé dans l'ame
Le complot outrageant qui la rend voſtre femme.
Adieu.

SCENE DERNIERE.

ANSELME, MARIANE, LISANDRE, LE COMTE, TOINON.

MARIANE.

Daignez de grace adoucir ſon couroux,
Monpere, il ira loin s'il ſe répand ſur nous.

ANSELME.

Elle s'apaiſera, n'en ſoyons poit en peine.
Pour toy l'hymen te met à couvert de ſa haine;
Mais par quelle avanture un faux Côte introduit...

LE COMTE.

Liſandre m'employoit, vous en voyez le fruit.
Sageſſe, eſprit, rang, biens, tout ſe trouve en
    Liſandre,
Et pour m'avoir faitComte, il devient voſtre gendre.

LISANDRE à *Anſelme*.

S'il vous faut des raiſons ſur ce déguiſement....

ANSELME.

Non, je ſuis ſatisfait, plus d'éclairciſſement.
Allons pourvoir au reſte.

TOINON à *Mariane*.

Enfin l'hymen s'acheve,
Vous n'aurez avec moy repos, ny paix, ny tréve,
Si je ne ſuis à vous, vous me l'avez promis.

LISANDRE.

M'en veux-tu pour garant ? je ſuis de tes amis.

LE COMTE.

Monſieur, ſi vous vouliez Toinon ſeroit Côreſſe,
Il nous faut pour cela faire quelque largeſſe,
Car le ménage eſtant....

LISANDRE.

Je ſuis content de toy,
Et tu peux ainſi qu'elle attendre tout de moy.

FIN.

PRIVILEGE DU ROY.

PAR Grace & Privilege du Roy, donné à Versailles le 18. Janvier 1691. Signé par le Roy en son Conseil, DU GONO: Il est permis au Sieur D*** de faire imprimer, vendre & debiter, une Piece de Theatre de sa composition intitulée *Les Bourgeoises de Qualité*, *Comedie*, pendant le temps de six années, à compter du jour qu'elle sera imprimée pour la premiere fois, pendant lequel temps tres-expresses inhibitions & deffenses sont faites à toutes autres personnes de quelque qualité & condition qu'elles soient, de faire imprimer, vendre ny debiter ladite Comedie par tous les lieux & terres de l'obeïssance de Sa Majesté, à peine de quinze cent livres d'amande, de confiscation des exemplaires contrefaits, & de tous dépens, dommages & interests, & autres peines portées plus au long par lesdites Lettres de Privilege.

Registré sur le Livre de la Communauté des Marchands Libraires & Imprimeurs de Paris le 27. Janvier 1691. suivant l'Arrest, &c.

Signé P. AUBOIN, *Syndic.*

Achevé d'imprimer le 24. Avril 1691.

Contraste insuffisant

NF Z 43-120-14

www.ingramcontent.com/pod-product-compliance
Lightning Source LLC
Chambersburg PA
CBHW060828250626
47162CB00005B/1982